KB237146

흑도전사

벽계 新무협 판타지 소설

FANTASTIC ORIENTAL HEROES

흑도전사 5

벽계 新무협 판타지 소설

초판 1쇄 찍은 날 § 2008년 6월 24일
초판 1쇄 펴낸 날 § 2008년 6월 30일

지은이 § 벽계
펴낸이 § 서경석

편집장 § 문혜영
편집책임 § 이재권
편집 § 서지현

펴낸곳 § 도서출판 청어람
등록번호 § 제1081-1-89호
등록일자 § 1999. 5. 31
어람번호 § 제2-1519호

주소 § 경기도 부천시 원미구 심곡1동 350-1 남성B/D 3F (우) 420-011
전화 § 032-656-4452 팩스 § 032-656-4453
http://www.chungeoram.com
E-mail § eoram99@chollian.net

ⓒ 벽계, 2008

ISBN 978-89-251-1370-8 04810
ISBN 978-89-251-1131-5 (세트)

벽계 新무협 판타지 소설
FANTASTIC ORIENTAL HEROES

흑도전사

[완결]

벽계 新무협 판타지 소설
FANTASTIC ORIENTAL HEROES

도서출판
청어람

目次

第三十二章 간계(奸計)

黑道戰士

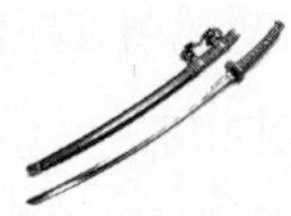

남궁천기는 가공할 위력이 담긴 장력이 날아오기 무섭게 신형을 허공으로 솟구쳤다.

정면으로 부딪쳐 상대의 공력을 감당하는 모험은 굳이 할 생각이 없어 보였다.

그는 허공에 솟아오르기 무섭게 허리에 두르고 있던 요대(腰帶)를 풀어 칼처럼 백발마녀에게 휘두르며 달려들었다. 아니, 그가 휘두른 것은 요대가 아니라 칼이었다.

강호에는 웬만한 강철로 만든 검에도 능히 버티는 아주 강력한 철을 종이처럼 얇게 두들겨 만드는 지검(紙劍)이나 지도(紙

刀)가 있다.

이 비상한 무기는 만년한철(萬年寒鐵)과 같은 것으로 만들어지며, 가죽으로 집을 만들어 그 집을 요대로 꾸며 허리에 두르고 다니기도 하는 것이다.

병기를 지니고 있지 않던 자가 갑자기 만들어낸 병기를 휘두르고 달려들면 필경 상대는 당황하게 마련이었다.

지금의 백발마녀가 그랬다.

그녀는 적이 당황한 기색을 보이며 남궁천기가 휘두르는 지도를 피하기 급급했다.

선기를 잡은 남궁천기가 맹렬하게 백발마녀를 몰아쳤으므로 그녀는 궁지에서 쉽게 빠져나오지 못했을 뿐만 아니라 위기에 직면했다.

남궁천기는 사납게 지도를 휘둘렀지만 그 사나움엔 교묘하고 음험한 초식이 담겨 있어 쉽게 그의 움직임을 예측할 수 없었다.

슈욱!

아무리 가벼운 칼이라지만 병기의 이점을 최대한 이용해 검보다 빠르게 공격하는 그의 수법에 백발마녀는 이렇다 할 파해법(破海法)을 찾아내지 못하고 허둥지둥 쫓겨 다녔다.

부지런히 공력을 모아 쌍장을 휘둘러 반격을 노려보지만 그때마다 번번이 그녀 자신의 목숨을 지키는 데 급급해야

했다.

　남궁천기는 선기를 잡은 이후 그녀에게 반격할 기회를 결코 내주지 않았다.

　더구나 그의 검은 백발마녀의 가슴을 집요하게 공격하는 무례함까지 보였다.

　"일파의 지존께서 쥐새끼처럼 피하는 데 급급해서야 되겠소."

　"닥쳐라!"

　백발마녀는 수치심에 홍분하여 이성까지 잃을 지경이었다.

　이때 백자흔은 갑자기 막부기를 사납게 밀어붙이고 있었다.

　막부기는 갑작스런 백자흔의 공격에 얼이 빠져 공격을 막아내며 뒷걸음질쳤다.

　'이… 이놈… 인간의 몸으로 어떻게 이렇게 빨리 움직일 수 있단 말인가?'

　믿지 못하겠지만 눈앞의 이 사내는 그것을 믿게 만들고 있었다.

　백자흔이 펼치는 초식은 초식이랄 것도 없었다. 내밀어지는 칼 하나하나가 치명적이었고, 그 뒤를 이어오는 전개는 그저 날카로울 뿐이었다.

하지만 빨랐다.

너무 빨라 그 움직임이 눈에 보이지 않을 정도로 빨랐으며, 칼의 움직임은 간결했다. 너무 간결하고 명료해 막부기로서는 어렵지 않게 피할 수 있었다. 그러나 계속되는 공세에 그는 숨을 돌릴 틈을 찾지 못했다.

크가가강!

백자흔은 서두르는 모습이 역력했다. 바로 옆에서 싸우고 있는 백발마녀를 힐금거리는 그의 얼굴에 초조한 빛이 드러나 있었다.

그가 잠깐 눈을 힐금거리는 틈을 비집고 막부기가 사납게 칼을 휘둘러 들어왔다.

"날 무시하는 거냐? 어디 한눈을 판단 말이냐?"

막부기는 초식에 변형된 움직임까지 섞어가며 정신없이 도를 휘둘렀다. 너무 빨라서 내공으로 안력을 돋우지 않으면 그 세세한 움직임을 다 파악할 수 없을 지경이었다.

일시 백자흔은 수세에 몰리는 듯했다.

막부기는 몰아치는 순간에도 백자흔의 상태를 살피고 있었다.

고수끼리의 허실은 눈에 보이게 마련이다. 백자흔은 피하고 있지만 그 움직임이 극히 작았다. 필요한 만큼의 동작만을 구사해 아슬아슬하게 막부기의 칼을 피해내고 있었다. 그건 그가 피하고만 있을 뿐 정말로 위기에 몰려 피하는 것이 아니라는 것이었다.

막부기는 화가 나기 시작했다.

수십 번 칼을 휘둘러 연초를 펼치지만 백자흔의 옷자락 하나 베지 못하고 있다는 사실에 모욕을 느꼈다.

이때 간발의 차이를 두며 피하기만 하던 백자흔이 마치 충돌이라도 할 듯 막부기를 향해 달려들었다.

갑작스런 그의 접근을 경계하며 막부기는 있는 힘껏 칼을 휘둘렀다.

카앙!

두 개의 빠르고 강한 쇠붙이가 허공에서 불꽃을 튕겨내며 충돌했다.

"어엇?"

막부기는 순간적으로 당황했다.

백자흔의 얼굴이 그들 사이에 붙은 두 자루 칼날 뒤에서 웃음을 머금고 있는 때문이었다.

그의 불길한 예감은 불행하게도 들어맞았다.

백자흔이 발을 들어 막부기의 가슴을 내지른 것이다.

퍽!

"으악!"

막부기의 몸이 줄 끊어진 연처럼 허공을 날아 오 장 밖으로 나가떨어졌다.

쿠웅…….

둔탁한 소리와 함께 떨어진 그의 몸이 흙바닥을 데굴데굴 굴렀다.

그리고 거의 동시에 백자흔의 신형은 남궁천기와 백발마녀가 싸우는 곳을 향해 날아갔다.

카앙!

갑자기 날아든 백자흔이 남궁천기의 지검을 쳐내자 남궁천기는 놀라며 신형을 뒤로 팅겨 물러났다.

백자흔이 놀란 얼굴의 남궁천기에게 칼을 내밀었다.

"지금 이 시점에서 출몰한 너희들의 뜻이 뭐냐? 대체 네놈들은 누구를 위해 일하는 거냐?"

남궁천기가 조소를 띠었다.

"누구를 위해 일하다니? 날 어떻게 보고 하는 소리냐?"

이때 한쪽에서 기회만 보고 서 있던 산사야가 벼락처럼 소리를 질렀다.

"그는!"

그러나 그녀의 뒷말은 더 이상 이어지지 않았다. 목이 잘린 사람이 말을 할 수는 없는 일이니까.

산사야의 목이 허공으로 솟구치면서 붉은 피를 사방으로

튀어냈다.

그리고 그녀의 뒤에는 한 사람의 낯익은 얼굴이 우뚝 서 있었다.

백자흔은 눈을 부릅떴다. 그의 입에서 침통한 신음이 흘러나왔다.

"음유……."

그렇다. 산사야의 목을 베고 나타난 자는 바로 곤룡혈귀 음유였다.

백자흔은 숨을 죽이고 조심스럽게 주위를 살폈다. 음유가 무리를 거느리고 다니는 것을 좋아하기 때문이었다. 아니나 다를까 봉분 뒤 나무 그늘에서 조심스럽게 움직이는 그림자들이 느껴졌다.

하필 이때에…….

백자흔이 속으로 뇌까리다 흠칫 신경을 곤두세웠다.

하필 이때에… 하필 이때에… 하필 이때에…

만약 음유의 등장이 우연이 아니라면 어떻게 되는 것인가. 그는 왜 나타나자마자 산사야를 죽인 걸까? 그녀가 말하고자 한 것이 무엇이기에 살인멸구(殺人滅口)하지 않으면 안 되었던 것일까. 그가 남궁세가의 명을 받고 온 것이라면 남궁세가와 마교의 무리들은 또 무슨 상관관계가 있는 것일까.

순식간에 정리할 수 없는 의문이 꼬리를 물었다.

백자흔이 두 눈에 불이라도 담은 듯 이글거리는 화염을 담고 음유를 노려보았다.

"그 정도로 후안무치한 자는 아니라고 생각했는데… 내가 잘못 본 거냐?"

음유가 징그러운 웃음을 머금었다.

"내가 좀 후안무치하기야 하지. 네놈에게 패퇴하고서 또 이렇게 얼굴을 내밀었으니 말이야."

"명성이 부끄럽구나, 음유. 한때나마 널 나의 사형으로 여기고 모신 걸 지금처럼 후회한 적이 없다."

"그럴 거다. 그럴 거야… 나도 내가 한 짓을 부끄러워하고 있으니 그만 해라. 아니면……."

"아니면 뭐냐?"

"여기 있는 계집 모두를 죽여서라도 내 부끄러움을 주워 담아야 할지도 모르니까. 설마 이 계집들이 모두 다 죽기를 바라지는 않겠지."

"할 수 있을 것 같으냐?"

"못한다는 건 네 생각이고, 할 수 있다는 건 내 생각이겠지. 누구 생각이 옳은지는 겨뤄봐야 할 일이고."

나무 그늘에서 움직이던 그림자들은 이미 백자흔은 물론 다른 그의 무리들까지 겹겹이 에워싸고 있었다.

이때 조용히 서 있던 남궁천기가 지검을 움켜쥔 채 음유를

향해 뚜벅뚜벅 걸어갔다. 그의 온몸에서 흘러나오는 살기가
주위의 공기를 휘말고 있었다.

"네놈은 뭐냐?"

음유는 백자흔의 눈치를 보면서 말했다.

"난 귀공을 도우러 온 사람이오."

남궁천기가 격분하여 외치며 신형을 박차고 달려나가 음
유를 향해 광풍처럼 지검을 휘둘렀다.

"날 도우러 왔다는 놈이 내 여자를 해쳐!"

후웅!

그의 살벌한 기세에 음유는 신형을 빠르게 뒤로 튕겨 피했
다.

남궁천기의 신분을 알고 있으니 그와 생사를 걸고 싸울 수
도 없는 노릇이었다. 그렇다고 남궁천기의 신분을 드러내게
할 수도 없는 일이었다.

남궁천기는 이성을 잃은 모습으로 길길이 날뛰었다. 그는
성난 멧돼지처럼 날뛰었지만 그가 휘두르는 지검은 산을 가
를 만한 위력이 담겨 있었다.

음유는 금방 피하는 데 한계를 느꼈다.

그는 남궁천기의 지검 공격을 피하며 일성고갈(一聲高喝)
을 터뜨렸다.

"쳐라!"

그의 외침이 떨어지기 무섭게 백자흔의 무리들을 에워싸고 있던 자들이 공격을 시작했다.

백자흔이 급한 표정으로 칼을 휘두르며 이가소에게로 달려가 그녀의 손목을 잡고는 신형을 솟구쳤다.

"목곽! 자미공주를 보호해!"

대두소흉과 싸우고 있던 목곽은 사태의 심각성을 깨닫고는 대두소흉과의 경합을 피하며 자미공주에게로 달려갔다. 목곽이 그녀의 손목을 잡아채 끌자 자미공주는 아무 생각 없이 그에게 끌려갔다.

백자흔이 달려드는 음유의 수하 둘의 목을 칼로 치며 소리쳤다.

"소소! 내 뒤를 따라라!"

말이 떨어지기 무섭게 바람처럼 소소가 그의 등 뒤로 달라붙었다.

마교십악을 해치우는 일보다 자미공주와 그의 동료들의 안위가 더 급해진 백자흔이었다.

그는 선두에 서서 음유의 수하들이 구축한 포위망을 질풍처럼 뚫고 나갔다.

취선개와 목곽도 어느새 백자흔과 합세하여 그의 좌우를 따라갔다. 백발마녀와 레이가 그들의 꽁무니에 붙어 후방을 지켰다.

　서둘러 파해를 시도한 때문인지 다행히 포위망은 어렵지 않게 뚫고 나갈 수 있었다.

　이 모두가 창졸지간에 벌어진 일이었다.

　지켜보는 음유가 혀를 내둘렀다.

　"대체 저놈에게 죽은 내 수하가 몇이냐… 하늘이 나를 내리고 또 저놈을 내리다니… 이 무슨 얄궂은 조화란 말인가."

＊　　　＊　　　＊

　빛을 다시 볼 수 없을 것 같던 어둠도 어느새 동쪽 산으로 떠오른 여명에 물러갔다.

　북망산을 벗어난 백자흔의 무리들은 자연스럽게 관도를 따라 낙양성을 바라보며 걷고 있었다.

　취선개는 아까부터 심통 맞은 표정이었다.

　"곤룡혈귀 음유에 대한 움직임은 일거수일투족 면밀하게 살피라고 했는데… 여기까지 오도록 아무도 몰랐단 말이지. 이런 멍청한 놈들 같으니……."

　그는 스스로 자책도 하면서 분통을 터뜨리기도 했다.

　"이건 우리 개방의 명백한 실기(失期)라 할 수 있다. 내가 얼굴을 들 수가 없구나."

백자흔이 자신을 보며 민만한 표정을 짓는 취선개를 웃으며 바라보았다.

"음유가 얼마나 수하들을 강행군시켜 이곳에 이르렀는지 모두 지쳐 있더이다. 그 덕분에 포위망을 쉽게 뚫을 수 있었으니 말이오. 그러니 개방의 제자들이 그들의 행방을 알았다 해도 그들보다 먼저 노선배에게 연통을 넣을 순 없었을 거요."

"그렇게 얘기해 줘서 정말 고맙네. 그런데 정말 그렇게 생각하는 건가?"

"우린 생사의 능선을 함께 넘은 동지들입니다. 마교십악을 섬멸할 수 있는 기회를 놓쳐서 아쉽긴 하지만 이렇게 무사한 것만 해도 자축할 일이오. 그리고 노선배와 개방이 우리 모두를 위해서 최선을 다해 뛰고 있다는 것을 모두가 아는데 무슨 걱정이란 말이오."

"으허허허! 이놈이 잘나기만 한 줄 알았더니 말도 잘하네."

취선개의 웃음에 사람들이 모두 따라 웃었다.

그는 늙은 노물이었다.

지금까지의 수작은 얘기를 하나의 중심에 끌어들이기 위한 전초전에 불과했다.

그는 갑자기 웃음을 그치며 백발마녀와 레이에게 강렬한

시선을 던졌다.

"난 아직도 너희들이 적(敵)인지 아(我)인지 알 수가 없다! 너희들은 무엇이냐?"

백발마녀가 흐드러지게 웃었다.

"깔깔깔… 지난날의 마교는 결국 너희 백도에서 이 땅의 황제가 준엄한 개혁을 펼치려고 하자 그것을 저지하기 위해 끌어들인 것이 아니냐? 마교의 뒤치다꺼리나 하던 놈들을 끌어들여 세상을 어지럽히고 일을 크게 벌여 황제로 하여금 아무것도 하지 못하게 하였지. 그리고 오늘 그와 똑같은 일이 벌어지고 있거늘 누구에게 적아를 따지는 거냐?"

"백도가 마교를 끌어들이다니? 그게 무슨 소리냐?"

"너 늙은 거지가 그것을 모른다면 나이를 똥구멍으로 먹은 게지! 설사 그것이 강호오대세가의 흉계라 해도 구파일방의 장문인 신분이라면 그만한 것은 알아야 하지 않겠느냐!"

취선개가 흥분한 표정으로 펄쩍 뛰었다.

"난 정말 아무것도 모른다! 도대체 백도와 마교가 무슨 관계란 말이냐?"

백발마녀의 표정은 싸늘했다.

"모르는 게 자랑이라고 주둥아리를 놀리는 거냐? 엄밀히 말하면 마교가 아니라 마교십악이다! 그들이 대체 어디서 나타났단 말이냐?"

취선개가 두 눈을 껌벅였다.

"그럼 마교십악이 강호오대세가의 주구란 말이냐?"

"늙어서 아무리 머리가 쉬었어도 이 정도면 짐작이라는 게 있을 것 아니냐? 나라에서 강호오대세가에게 불리한 개혁이라는 걸 시도할 때마다 번번이 그들이 나타나는데… 그들의 출현이 누구를 이롭게 한단 말이냐?"

"그… 그야 네 말이 맞다만… 그렇다고 마교십악이 강호오대세가의 주구란 증거도 없지 않느냐?"

"오늘 죽임을 당한 계집은 황하에서부터 줄곧 마교의 교주를 사칭하는 젊은 놈과 함께 움직였다. 그러니 그 계집은 그자에 대해 뭔가를 알고 있었을 것이라 여겨지는데, 내 말이 맞느냐?"

"그… 그렇다. 우리도 계속 주시하고 있었으니까."

"그렇다면 음유란 놈이 왜 그 계집을 죽였다고 생각하느냐? 그게 입을 막기 위한 수작이라고 짐작되지 않는단 말이냐?"

"……."

취선개는 백발마녀의 정연한 논리에 반박할 말을 찾지 못했다. 아니, 그조차도 이미 마교십악과 강호오대세가의 연관성을 의심하고 있었는지 몰랐다.

이때 백자흔이 두 사람 사이로 끼어들어 백발마녀에게 말을 붙였다.

"자미공주를 저대로 둘 수는 없지 않소. 어떻게 해줘야지……."

백발마녀가 힐끔 자미공주를 쳐다보았다.

"마경에 쓰여 있는 미안마공에 영혼을 빼앗긴 거예요. 강호의 섭혼술이라면 어떻게 해볼 수 있지만 미안마공에 당한 건 그녀에게 섭혼술을 쓴 시술자가 직접 풀거나 그자를 죽여서 풀리게 하는 두 가지 방법밖에는 없어요."

백자흔이 버럭 화를 냈다.

"젠장! 그 얘기를 이제 와서 하면 어떡하자는 거요! 진작 말했어야지!"

팍!

그의 신형이 말이 끝나기도 전에 땅을 박차고 허공으로 솟아올랐다.

말릴 겨를도 없이 시위를 떠난 화살처럼 날아가는 그의 뒤를 바싹 붙어 또 하나의 인영이 가고 있었다.

흑나찰 소소였다.

목곽이 어처구니없다는 듯 너털웃음을 흘렸다.

"하하… 소소는 말투, 눈빛 하나에도 저 녀석의 다음 행동을 알 수 있는 모양이군."

그러며 이가소를 보면서 은근히 놀렸다.

"안 그렇소? 이 소저."

이가소가 깊이 생각하지도 않고 얼렁뚱땅 고개를 끄덕였다.

"예, 그렇네요."

레이가 목곽을 보며 말했다.

"따라가지 않아도 될까요?"

이가소가 대신 대답했다.

"보나마나 자미공주 때문에 가는 걸 거예요. 말린다고 듣지도 않을 텐데 내버려 두세요."

"무슨 말이 그래요?"

레이가 쌍심지를 세웠다.

이가소가 짜증스럽게 대답했다. 뭔가에 화가 단단히 난 얼굴이었다.

"옳은 일에는 뜻을 굽히지 않는 사람이잖아요. 겪어봤느니 공주님도 아실 거 아니에요."

레이가 고개를 갸웃거렸다.

"왜 내게 화를 내죠? 화는 뭐 때문에 났어요?"

"내가 왜 공주님에게 화를 내겠어요. 난 그저 그가 그런 사람이라고 말하는 거예요."

말투는 한결 누그러진 듯했지만 화난 표정은 전혀 풀리지 않은 이가소였다.

레이가 배시시 웃었다.

"그가 내 얘기도 하던가요?"

"들었어요, 다른 사람에게."

"다른 사람… 누구요?"

"그 사람을 쫓아간 다른 여자요."

"그녀와는 잘 지내는가 보죠?"

이가소가 작지만 소리 지르는 표정으로 차갑게 쏘아붙였다.

"뭐죠? 우리도 잘 지내야 하는 건가요? 아는 수컷이 오지랖이 넓으니 잘 지내야 할 여자도 많네요."

옆에서 목곽이 평소 같지 않게 침착성을 잃은 이가소의 모습을 보며 고개를 갸우뚱하고 있었다.

*　　　*　　　*

퍼억!

공력이 담긴 수벽(手擘)의 위력은 바위라도 부술 것 같았다. 그런 힘이 담긴 손바닥이 음유의 얼굴에서 작렬했으니 그의 몸이 실 끊어진 연처럼 날아간 것은 어떻게 보면 당연한 결과였다.

"왜 그랬어? 왜 그랬냐고?!"

　남궁천기의 얼굴은 실핏줄이 퍼렇게 돋아날 정도로 격분해 있었다.

　음유는 입에서 피를 철철 흘리며 몸을 일으켰다. 이빨이 몇 대가 나갔는지 알 수 없었다.

　"뭡니까, 이거?"

　남궁천기가 지검를 뻗어 음유의 목에 들이댔다.

　"네놈을 지금 살려놓고 있는 건 네놈이 왜 그 여자를 죽였는지 이유를 듣기 위해서일 뿐이다."

　음유가 입을 쭉 찢으며 징그럽게 웃었다. 그 바람에 입속에 고여 있던 피가 주르륵 흘러내렸다.

　"내가 참고 있는 건 귀하가 내가 모시는 분의 아들이기 때문이오."

　"귀하?"

　"나 그렇게 만만한 놈 아니오. 초면에 범한 무례이니 한 번은 참아주겠소."

　"왜 죽였나?"

　"귀하의 아버님께서 시킨 일이오. 귀하의 비밀을 드러내지 않기 위해서요. 마교십악을 사주한 게 남궁세가란 사실이 알려지면 천하가 발칵 뒤집힐 게 뻔하지 않소."

　"귀하라는 말은 듣기 거북하군."

　"그러지요, 도련님."

“한결 낫네.”

남궁천기가 주위를 보며 씨익 웃었다.

음유의 수하들은 오십여 명에 이르렀다. 하나같이 태양혈이 불룩 솟고 안광이 날카로운 것이 녹록치 않아 보였다.

“그래서 이제 어쩔 생각인가?”

음유가 손등으로 입술의 피를 훔쳤다.

“도련님을 모시고 가야죠. 행여라도 도련님 신변에 무슨 일이 생기기라도 하면 제가 혼나거든요.”

“혼나는 걸 무서워할 자는 아닌 것 같고, 얼굴을 보니 날 많이 필요로 하는 자로군. 그런가?”

“내가 백자흔에게 깨진 얘기는 들어서 알 것 아니오. 버팀목이 필요한 것도 사실이오.”

“백자흔이 올 거다.”

남궁천기의 말에 음유의 눈이 빛났다.

“백자흔이 다시 온단 말이오?”

“얘기를 듣자니 어려우면 어려울수록 정면으로 돌파하는 자라더군. 맞나?”

“맞소.”

“자미공주가 걸린 섭혼술을 풀려면 내가 필요하거든. 오겠나, 안 오겠나?”

음유가 잠깐 머리를 굴려 생각한 후 명쾌하게 대답했다.

“올 거요.”

남궁천기가 지검으로 음유의 뺨을 톡톡 건드리며 우렁차게 대소를 터뜨렸다.

“하하하! 그럼 이번 함정은 자네가 파게! 놈이 온다는 걸 알았으니 함정을 만드는 건 어렵지 않겠지?”

음유는 얼굴을 일그러뜨렸다.

“내게 모욕을 줘서 좋은 게 뭡니까?”

남궁천기의 지검이 음유의 목에 차갑게 닿았다.

“모욕을 줘? 누가? 난 모욕 준 적 없는데. 우리 집에서 기르는 똥개는 모욕이란 걸 모르거든. 그런데 모욕을 안단 말인가? 그럼 내가 잘못 알고 있던가 자네가 우리집에서 기르는 똥개가 아닌 게지.”

“……”

“한 칼에 썰어주면 알려나? 그런데 그러면 내가 널 써먹을 수가 없잖아. 그래서 참는 거야. 네가 참는 게 아니라 내가 참는 거라고.”

“……”

“주제 넘는 짓을 보는 건 한 번뿐이야. 초면인데 내가 너무 심하게 때린 것 같아서. 이제 이해됐나?”

음유가 고개를 숙이며 말했다.

“예, 이해했습니다.”

남궁천기가 음유를 경계하면서 지검을 거두어들였다.

"말귀를 알아먹어 다행이군."

"……"

음유는 속으로 이를 갈았지만 참을 수밖에 없다는 것을 잘 알았다.

남궁세가의 가주는 아직 그를 믿지 않고 있다. 음유에게는 그를 믿어주는 자가 필요했다. 남궁천록도 없는 지금 그는 성정이 사납고 더럽긴 하지만 단순한 남궁천기 같은 자가 필요했다. 그의 비위를 맞추어 눈에만 든다면 그는 자신의 재기의 발판이 되어줄 것이었다.

＊　　　＊　　　＊

낙양성에 들어선 목곽, 취선개 일행은 곧장 객점을 찾았다. 우연치 않게도 남궁천기가 묵어 갔던 낙양제일루였다.

낙양제일루는 하루 만에 아무렇지도 않은 것처럼 평온을 되찾아 정상 영업 중이었다.

미쳐서 뛰쳐나간 화산파의 여제자들은 다시 돌아오지 않았고 시신은 관부에서 나와 수습하는 것으로 마무리되었다.

소문은 흉흉하게 나돌았지만 이 정도로 빨리 수습할 수 있었던 건 돈의 힘을 믿은 낙양제일루 주인의 수완 때문이었다.

"조용해서 좋네요. 주인한테는 미안한 말이지만……."

이가소는 다가오는 목곽을 보며 배시시 웃었다.

목곽이 그녀의 옆에 서서 그녀가 바라보고 있던 저잣거리를 쳐다보았다.

해가 떨어지기 전이라 거리는 많은 사람들로 아직도 북적이고 있었다.

목곽이 오랜 친구처럼 말을 꺼냈다.

"이 소저가 왜 화가 난 건지 알겠소. 쉽게 풀릴 화가 아니라는 것도."

이가소가 가벼운 웃음을 머금었다. 그러나 그녀의 웃음이 많이 슬퍼 보였다.

"이성적으로는 옳은 판단이라는 거 알아요. 하지만 너무 무모하잖아요. 그는 어째서 자신의 몸을 남의 몸처럼 혹사시키는 거죠? 죽을 만큼 다쳐도 아무렇지도 않고… 기꺼이 죽으려는 사람 같단 말이에요."

"난 이제 이해하기 시작했는데… 이 소저는 그게 잘 안 되는 모양입니다."

"이해요? 어떻게요?"

"저기 보이는 사람들 말이오. 저 사람들이 매일 웃는 걸 보는 게 어떤 저능아 같은 놈의 소원 같은 것이라면 어떻소. 기꺼이 자신의 한 몸을 버려서 많은 사람들의 불행과 파멸을 막을 수 있다면……."

"그걸 모르는 게 아니잖아요. 그래서 이성적으로는 옳다고 믿는다고요."

"믿으면서 왜 지원하고 격려해 주지 않소. 녀석이 지금 남들로부터 등 떠밀려 하는 거라 생각하는 거요? 단지 희생이라고만 생각하느냐 말이오?"

"그럼 즐기는 건가요?"

"즐기는 거요. 나 역시 이제 그것을 즐길 줄 알게 되었으니까 이해하겠다는 것이고."

"……."

"옆에서 지켜보는 사람은 편치 않다는 거 아오. 하지만 제 자신이 좋다는데 어쩌겠소. 하게 내버려 둬야지."

"마냥 즐겁기만 할까요? 자신에 대한 회의와 부정도 있을 것이고……."

"하하… 그 모든 것을 뛰어넘는 즐거움이기 때문이오. 내가 가진 힘을 다른 사람들을 위해 쓴다는 거… 그게 아주 대단히 즐거운 일이더라고."

낭탕하게 웃는 목곽을 이가소가 물끄러미 쳐다보았다.

그러니 그가 즐거운 일을 그냥 하게 내버려 두라고 그는 암시한다. 아니, 그렇게 강요한다.

그러나 그녀는 이제 그렇게 할 수 없다고 믿는다. 그녀는 이제 백자혼의 여자이고 그는 그녀의 하늘 같은 지아비니까.

이때 인기척이 나더니 레이가 그들에게로 걸어왔다.

"사부님 못 보셨나요?"

목곽이 눈살을 찌푸리며 그녀를 바라보았다.

"교주께서 안 보인단 말이오?"

"예. 잠깐 여장을 푸는 사이에 사라지셨네요. 멀리 간 것 같지는 않은데……."

"아뿔싸."

목곽이 갑자기 탄식했다.

"왜요?"

이가소가 그를 보며 물었다.

목곽이 하늘을 올려다보며 혼잣말처럼 나직이 중얼거렸다.

"내가 가려고 했는데 한발 늦었구나. 나까지 여길 비울 수는 없지 않은가."

*　　　*　　　*

어디를 간 걸까?

　음유는 갑자기 종적이 사라진 남궁천기를 찾아보았지만 그의 모습은 끝내 발견되지 않았다.

　"없습니다."

　"어디에도 없습니다."

　음유의 수하들은 짜증스런 표정이었다.

　"찾을 만큼 찾아봤으니 됐다. 괜히 시간만 버렸다."

　음유는 고개를 갸우뚱하며 수하들을 향해 손짓했다. 수하들이 그의 앞에서 각자 움직여 빠르게 숲 속으로 잠행했다. 잘 훈련된 자들이라 금방 어디에서도 그들의 모습을 찾을 수 없었다.

　이때 어디선가 찌르레기 소리가 들려왔다.

　음유의 안색이 바로 굳어졌다. 그의 신형이 땅을 박차고 높은 나무 위로 날아올랐다.

　이곳은 북망산에서 그리 멀지 않은 산자락이었다.

　"잠깐만요."

　소소는 갑자기 백자흔의 걸음을 제지했다.

　백자흔이 빙그레 웃었다.

　"아까부터 들리지 않던 새 울음이 갑자기 들려서냐?"

　소소가 백자흔을 보며 눈을 흘겼다.

　"그뿐만은 아니죠. 찌르레기는 남방의 여름새라 이곳에서 흔히 볼 수 있는 새는 아니에요.”

백자흔의 눈이 차갑게 빛났다.

“그러니 놈들이 우리가 온 것을 알고 신호를 한 것이다? 함정이다, 이거지?”

소소가 배시시 웃으며 고개를 끄덕였다.

“음유의 멍청한 수하 덕분에 놈들을 쉽게 찾았네요. 그런데 어떻게 우리가 올 줄 알고 함정을 파고 기다리고 있는 걸까요?”

백자흔이 앞으로 걸음을 옮겨놓으며 말했다.

“자미공주가 걸린 섭혼술을 풀기 위해 주술자를 찾아올 것이라는 건 멍청이도 쉽게 추측할 수 있는 일이 아니냐.”

“놈들이 파놓은 함정 깊숙이 들어왔어요. 그렇게 태연자약할 일이 아니라고요.”

“함정을 파고 있다는 건 전력상으로 낙관하지 못하고 있기 때문이지. 전력상으로 절대적 우세에 있다면 굳이 함정을 팔 이유가 없으니까.”

“조심해야 한다니까요.”

“충분히 조심하고 있다.”

백자흔은 결코 걸음을 늦추지 않았다.

소소는 귀를 쫑긋 세운 채 등 뒤에 멘 검에 손을 가져갔다.

그러나 그녀보다 먼저 백자흔의 신형이 왼쪽 숲 속으로 뛰어들었다.

숲 속에서 들킨 것을 안 음유의 수하 두 명이 도망치려고 뛰어나왔지만 백자흔의 칼이 그들의 목을 뎅겅 잘라 버렸다.

"컥!"

"으악!"

그들의 비명 소리를 들은 음유의 수하들이 숲 속에서 뛰어나와 백자흔과 소소를 에워쌌다. 에워싸려는 건 그들의 의도였고, 백자흔의 신형이 벼락처럼 그들을 향해 달려들었다.

"으악!"

"크아악!"

백자흔 앞에서 그들은 일초지적(一招之敵)도 되지 않았다.

세 명의 목이 피를 뿜으며 떨어졌다.

"멈춰라!"

이때 숲 속에서 맹호가 울부짖는 듯한 사나운 사자후(獅子吼)가 터져 나왔다.

숲으로부터 곤룡혈귀 음유가 모습을 드러냈다.

"바보 같은 놈들. 상대하지도 않고 꽁무니를 빼려고 하니 그리 쉽게 당하는 게 아니냐. 함정에 빠진 것은 놈인데 왜 너희들이 도망치는 거냐?”

그의 말 몇 마디에 수하들은 빠르게 진영을 갖추었다.

백자흔이 어느새 신형을 날려 그들을 덮쳤다.

그러나 이미 진영을 갖춘 음유의 수하들이 이번에는 병장기를 휘두르며 같이 달려들었다.

카앙! 캉!

일단 경합이 이루어지자 백자흔은 쉽게 그들을 다루지 못했다.

음유의 수하들은 하나같이 고도로 숙련된 무예를 갖춘 데다가 전장에서 다져진 풍부한 경험이 있었다. 그들이 치고 빠지기를 반복하면서 협공하자 위험에 처한 건 오히려 백자흔이었다.

사방에서 날카롭게 쑤셔대는 병장기를 막는 건 아무리 백자흔이라도 쉬운 일이 아니었다.

소소가 검을 뽑아 들며 빠르게 백자흔을 에워싼 무리들에게 달려들었다.

“백 대주는 보이고 나 흑나찰 소소는 보이지 않는단 말이냐?!”

등 뒤에서 달려드는 소소 때문에 그녀의 공격을 받은 수하 몇이 진열을 흐트러뜨리며 빠져나왔다.

그러나 소소의 내려치는 검을 막은 건 그들이 아니라 곤륭혈귀 음유의 칼이었다.

카앙!

소소는 손목이 저리자 급히 신형을 뒤로 뺐다.

"흐흐흐… 네가 사망탑의 전인 흑나찰 소소렷다. 내 그렇지 않아도 요요를 대신할 계집을 찾고 있었는데 잘됐다."

음유는 큰 입을 쭉 찢으며 징그럽게 웃었다.

소소는 어깨를 움츠렸다. 음유의 눈이 자신의 옷을 투시해 알몸을 낱낱이 들여다보는 것 같았다.

"으악!"

"케엑!"

비명 소리에 음유가 고개를 뒤로 돌렸다.

백자흔이 소소가 만들어준 흐트러진 진열의 약점을 놓치지 않고 공격해 음유의 수하 두 명의 목을 또 날린 것이었다.

더 이상 가두어지지 않겠다는 듯 백자흔은 사납게 음유의 수하들을 몰아붙였다.

"으아악!"

"크악!"

한 번 불이 붙은 그의 공격은 맹호에 비할 바가 아니었다. 순식간에 진열이 깨지고 음유의 수하들이 우왕좌왕했다.

백자흔이 칼을 휘두를 때마다 피가 솟구치며 몸을 잃은 수급이 허공을 날아다녔다.

음유는 이를 부득 갈며 칼을 움켜쥐었다.

"빌어먹을! 놈은 사신(死神)이 아니란 말이다! 맞서 싸워!"

그의 신형이 바람처럼 백자흔에게로 날아들었다.

"조심하세요!"

어느새 소소가 음유의 뒤에 따라붙으며 소리쳤다.

"이런 겁대가리없는 년이!"

음유는 신경질적으로 뒤에 붙은 소소를 향해 칼을 휘둘렀다.

카앙!

그러나 소소는 적극적으로 상대할 생각을 처음부터 하지 않았기 때문에 그의 칼을 막는 것과 동시에 그 반탄력을 이용해 뒤로 튕겨져 나갔다.

음유는 방향을 돌려 칼을 휘두르며 백자흔을 덮쳤다.

"네놈이 내가 이십여 년간 공을 들여 키워낸 수하들을 다 죽이려 하느냐?!"

카앙!

백자흔이 칼을 올려 음유의 칼을 막았다.

"다 죽이려 했는데 아직 반도 못 죽인 것 같지?"

"오늘은 네놈과 나 둘 중 하나는 죽어야겠다."

음유는 이를 갈아붙였다.

백자흔은 이빨까지 드러내며 여유만만하게 웃었다.

"지난번에도 그러려고 했는데 도망친 게 누구였지?"

음유가 백자흔의 칼을 밀어내며 신형을 뒤로 뺐다.

그사이 음유의 수하들이 전열을 정비하여 다시 백자흔을 에워싸고 있었다.

음유는 흥분한 가슴을 진정시키며 주위를 돌아보다 눈 밑에 점이 있는 한 사내의 얼굴에 시선을 고정시켰다.

"냉사성."

"예."

냉사성이라 불린 눈 밑에 점이 있는 사내가 절도있게 허리를 숙이며 대답했다.

"넌 두 명만 데리고 계집을 잡아라. 내가 방해받지 않고 거치적거리지 않게."

"사로잡으시란 말씀입니까?"

음유가 고개를 돌려 소소를 보며 말했다.

"너라면 저렇게 어여쁜 계집을 그냥 죽이겠느냐?"

냉사성이 징그러운 웃음을 지으며 소소를 쳐다보았다.

"흐흐… 알겠습니다."

음유가 고개를 돌려 다시 백자흔을 응시했다.

"오늘은 기어코 내 칼에 네놈의 피를 묻혀야겠다. 도망치면 계집의 목숨은 없다. 물론 목숨까지 해치지는 않겠지만 살아 있는 게 계집에게는 더 큰 고통이 되겠지.”

백자흔이 신경이 쓰이는지 소소에게 눈길을 한 번 던졌다.

소소는 검을 쥔 손에 힘을 주며 냉사성이란 자에게 눈을 부릅떠 보였다.

“해보겠다면 어서 오너라!”

냉사성이 고개를 돌려 주위를 보더니 손을 뻗어 두 명의 무사에게 손가락질했다.

“너! 너!”

“예!”

“예!”

지목을 받은 무사 두 명이 빠르게 냉사성 옆에 붙었다.

냉사성이 동료 두 명을 대동하고 소소를 향해 걸어갔다.

“소저의 명성은 익히 들어서 알고 있소. 나 초혼박도(招魂撲刀) 냉사성은 그 이름이 소저에 미치지 못하나 칼을 견주는 재주로는 결코 뒤질 것이 없다고 생각하오.”

소소가 냉랭하게 코웃음 쳤다.

“흥! 뭔 흰소리냐? 닥치고 목이나 내밀어라!”

그녀는 외침과 함께 신형을 차고 나갔다. 그런 그녀의 모습이 한 마리 제비와 같이 날렵하고 빨랐다.

카앙!

냉사성은 소소가 찔러온 검을 황급히 옆으로 쳐냈다.

그의 좌우에 있던 두 명의 동료가 벌써 큰 칼과 창을 휘두르며 소소를 덮치고 있었다.

카앙! 캉!

소소는 세 사람을 상대로 싸움을 벌이면서도 결코 밀리지 않았다. 그러나 그들의 협공을 물리치지도 못했다.

음유는 그들의 싸움이 잘 어울리는 백중지세임을 확인하며 백자흔을 쳐다보았다.

"너만 아니었으면 내 앞길이 탄탄대로였다!"

백자흔은 차갑게 대꾸했다.

"네 탄탄대로라는 것이 다른 사람을 핍박하고 고혈을 뜯어내는 것이냐? 사람으로서 살지 못하겠다면 지옥의 아귀(餓鬼)가 되어야겠지."

음유가 송충이처럼 굵은 눈썹을 푸르르 떨었다.

"지금까지 죽인 목숨으로 치면 나보다 못할 너이더냐? 돼먹지 않은 놈 같으니."

백자흔의 신형이 자리를 박찼다.

"말싸움하자고 찾아온 게 아니다! 네가 지키려는 자는 아무래도 네 피를 봐야 모습을 드러낼 것 같구나!"

포위되어 있는 상황이니 선제공격을 받는 것보다는 선제공격을 함으로써 혼란을 주려는 의도였다.

카앙!

음유는 어렵지 않게 백자흔의 칼을 막아냈다. 벌써 음유의 수하들이 백자흔의 뒤에 붙어 공격해 들어왔다.

"죽어라!"

"네 스스로 용담호혈에 뛰어들었으니 살아 돌아갈 생각은 버려라!"

백자흔이 음유의 칼을 밀쳐 내는 것과 동시에 몸을 뒤로 풍차처럼 돌렸다. 그는 뒤통수에도 눈이 달린 사람처럼 정확하게 앞 선에서 덮쳐 오는 두 수하의 목을 번개처럼 날렸다.

"으악!"

"으아악!"

이때 옆구리를 파고드는 후끈한 느낌.

창 한 자루가 그의 옆구리에서 기어코 피를 보고야 말았다. 창을 찌른 자는 입을 쭉 찢어 웃으며 만족한 표정을 지었다.

그러나 다음 순간 그의 입에서 터져 나온 건 단말마의 비명이었다.

"으아악!"

백자흔이 무리 속에 뛰어들어 신출귀몰하게 날며 닥치는 대로 음유 수하들의 목을 베고 다녔다.

바라보는 음유의 눈이 깊게 긴장되었다.

이미 백자흔이 오기 전에 그에 대한 충분한 방책을 수하들에게 설명해 준 바 있는 음유였다. 그러나 수하들이 백자흔의 공격을 받아 이렇게 혼란을 겪으리라고는 생각하지 못했다.

명성만으로 대하던 백자흔과 직접 마주쳐 상대한 놀라운 무위는 차이가 있었다. 실전에서 겪으면 백자흔은 어떤 자라도 겁을 집어먹지 않을 수 없었다.

백자흔이 노리는 것은 언제나 목이었으므로 목만 충분히 방어하며 공격하라는 지시를 더불어 내렸지만 어느 것도 수하들은 제대로 지켜내지 못하고 있었다.

그것은 백자흔의 칼이 너무 빠르기 때문이었다. 백자흔의 칼과 병기를 부딪친 자는 그 힘에 밀려 일단 몸을 휘청거리게 마련이었고, 그 틈을 놓치지 않고 빠르게 파고드는 백자흔의 공격은 전율을 일으키게 하기에 족했다.

음유는 싸움의 한복판에 뛰어드는 걸 주저했다.

사람은 누구나 자신의 입장에서 생각하게 마련이었다.

음유는 아까부터 줄곧 주위를 살피고 있었다.

백자흔이 계집 하나만 달랑 달고 왔을 리 없다는 게 그의 생각이었다.

음유가 원래 그렇게 조심스러운 사내는 아니었지만 백자흔에게만큼은 주눅이 들어 있음을 알 수 있었다.

그러나 음유에게도 준비한 것이 있었다.

음유가 허공에 손을 들어 내저었다.

그러자 숨어 있던 음유의 수하들이 숲 속에서 일거 그 모습을 나타냈는데 그 수가 삼십여 명에 이르렀고, 그들의 손에는 한결같이 활과 화살이 들려 있었다.

본래 백자흔과 함께 나타날 자들을 대비하기 위한 수단이었으나 아무런 조짐이 없자 우선 백자흔을 상대하기 위해 음유가 계획을 수정한 것이었다.

음유가 소리없이 지휘했으므로 백자흔은 아직 그들의 존재를 느끼지 못하고 있었다. 아니, 설혹 알고 있더라도 사방이 적으로 둘러싸인 그의 입장에서는 속수무책이기도 했다.

궁수들이 화살을 장착하고 시위를 당겨 백자흔을 겨누었다. 강기(罡氣)를 뚫는 강전(强箭)이었으므로 가까운 거리에서 시위를 놓으면 거의 피할 방법이 없었다.

음유가 징그러운 웃음을 머금었다.

"흐흐… 아무리 천하의 백자흔이라도 어쩔 도리가 없을 것이다."

그때였다.

"멈춰라!"

백자흔을 향해 거리를 좁혀가는 궁수들에게 소소가 상대하던 냉사성 등을 뿌리치고 달려들었다. 검을 휘둘러 궁수들

을 덮쳐 가기는 하나 그 바람에 그녀의 등이 완전히 노출되고
말았다.

"으악!"

"으아악!"

비명은 두 명의 궁수의 입에서도 터졌지만 그녀의 입에서
도 터져 나왔다.

냉사성이 어느새 그녀의 뒤에 달라붙어 일격을 가한 것이
었다.

비명 소리에 백자흔은 주위의 상황을 파악했다.

궁수들이 그가 눈치 챘음을 알고 서둘러 당긴 시위를 놓았
다.

피잉! 핑!

바람을 가르고 날아가는 철전(鐵箭)은 그 소리만으로도 위
력을 짐작할 수 있었다. 화살 전체가 묵직한 쇠로 만들어진
것이라 호신강기(護身罡氣)든 갑옷이든 무엇이라도 능히 뚫을
수 있는 것이었다.

카앙! 캉!

백자흔은 서두러 날아오는 서너 대의 화살을 칼을 휘둘러
쳐냈다.

그 틈을 노려 음유의 날랜 수하들이 옆구리와 등 뒤를 향해
병장기를 쑤시고 들었다.

백자흔은 칼을 휘둘러 병장기를 쳐내며 왼쪽으로 몸을 던져 굴렸다.

그러나 그게 다가 아니었다. 그는 몸을 굴리면서 칼을 휘둘러 주위에 있는 음유 수하들의 발목을 모두 잘라 버렸다.

"으악!"

"으아악!"

"내 발목이! 발목이 나갔어! 으아아아악!"

백자흔은 자신을 공격하는 자들이 목만 방어하고 있다는 것을 벌써부터 알고 있었다.

멍청한 놈들이다. 그가 목을 공격하는 건 단순하게 다수를 상대할 때 무리를 한꺼번에 위협할 수 있기 때문이었다. 상대들에게 공포심을 심어주면 많은 적을 상대하기 수월하니까.

갑작스런 백자흔의 반격으로 음유 수하들은 당황한 기색이 역력했다.

음유 또한 놀라움을 금치 못하고 있었다.

설마 천하의 백자흔이 땅바닥에 몸을 굴리면서까지 다른 공격을 감행하리라곤 미처 생각하지 못한 탓이었다.

백자흔은 벌써 몸을 일으켜 당황한 음유의 수하들을 닥치는 대로 베고 있었다.

또 목이다. 목이 날아간 자들의 주검이 사방에서 피를 뿜렸다.

음유 수하들은 정신없이 흩어지고 있었다. 궁수들도 전의를 상실하고 도망 다녔다.

음유가 잔인한 표정을 하고 고개를 돌려 소소를 응시했다.

소소는 쓰러져 바닥에 뒹굴어 다녔고, 냉사성 등 세 명이 그녀에게 병기를 겨눈 채 지키고 있었다.

음유의 신형이 땅을 박차고 소소가 있는 곳으로 향한 것과 백자흔이 소소에게 신형을 날린 것은 거의 동시였다.

第三十四章 마교(魔敎)를 품다

黑道戰士

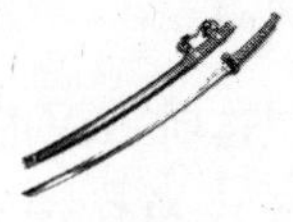

이가소는 잠이 든 자미공주를 지키며 앉아 있었다.

레이가 찻잔을 들고 들어왔다.

"차 한잔 들어요."

"고마워요."

이가소는 레이가 내미는 찻잔을 받아 입으로 가져갔다. 설록차(雪綠茶)의 은은한 향기가 폐부 깊숙한 곳까지 스며들었다.

"좋은 차로군요."

"객점이 좋은 건지 돈이 좋은 건지 뭐든지 최고급으로만

갖다 놨더라고요."

"그러네요."

"밤새 그러고 있을 거예요?"

"방법을 찾아보고 있는데 도무지 어떻게 손을 써야 할지 모르겠어요. 진맥상으로는 아무 이상이 없거든요."

"마경에 나와 있는 마공들은 마교가 일천 년 동안 천하 각지를 이 잡듯이 뒤져 찾아낸 것들이에요. 자미공주가 당한 섭혼술 미안마공은 천축(天竺)에서 나온 거예요. 중원에서 쓰는 것과는 완전히 다르죠. 고치려다가 잘못되면 죽음에 이를 수도 있어요."

"알아요. 그래서 이렇게 지켜보고만 있잖아요."

이때 열려 있는 창문으로 뭔가가 요란한 날갯짓 소리를 내며 날아들었다.

레이가 번개처럼 손을 뻗어 날아든 물체를 움켜잡았다.

"박쥐예요."

그 말에 이가소가 창문 쪽으로 후닥닥 뛰어갔다. 창문 밖으로는 헤아릴 수도 없이 많은 박쥐들이 날아다니고 있었다.

"닫지 말아요!"

창문을 닫으려는 이가소의 귀에 레이의 외침이 들렸다.

외침과 동시에 레이의 신형이 이가소의 곁을 스쳐 창문으로 튀어나갔다.

이때 문짝이 부서질 만큼 큰 소리를 내며 열렸다.

쫘앙!

안으로 뛰어든 것은 목곽이었다.

"흡혈박쥐요! 마교십악 암흑전귀가 나타났소!"

그는 방 안을 두리번거리다가 이가소를 보며 물었다.

"레이 공주는 어디 갔소?"

이가소가 창밖을 가리켰다.

"벌써 나갔어요."

"젠장!"

창밖을 보며 목곽이 걱정되는 표정을 지었다.

"이래서 내가 가고 백발마녀가 여기 남았어야 하는 건
데……."

이가소가 옆에서 그의 옆얼굴을 힐긋 보며 말했다.

"그런데 흡혈박쥐들이 왜 하늘만 뱅뱅 돌고 있는 거죠?"

목곽이 퉁명스럽게 반문했다.

"그걸 내가 알겠소? 내가 암흑전귀요?"

아까부터 심통이 단단히 나 있는 목곽이었다. 목곽 같은 자
에게 상황을 걱정하고 앉아 있는 건 답답하기 짝이 없는 일이
었다. 목숨을 걸더라도 직접 나서서 뛰어야 하는데, 객방에
처박혀서 백자흔을 염려하고 있자니 짜증스럽기가 이루 말할
수 없는 상태였다.

이가소는 그런 그의 속내를 짐작하고 있었기 때문에 굳이 캐묻거나 타박하지 않았다.

이때 밖으로부터 천둥소리 같은 큰 외침이 들려왔다.

"내가 이제 널 찾아냈으니 다시는 놓치지 않을 것이다!"

그 소리를 들은 목곽의 얼굴에 희색이 번졌다.

"이게 누구야? 분명히 황하칠십이수로의 막 두령 목소리인데……."

이가소가 놀란 표정으로 그에게 물었다.

"막 두령이라고요?"

"틀림없소. 내가 그놈과 이십 년 막역지우인데 목소리를 모르겠소."

목곽은 이미 창문 밖으로 뛰쳐나가고 있었다.

*　　　*　　　*

백자흔이 날아오자 놀란 냉사성이 소소의 목에 칼을 들이대며 소리쳤다.

"가까이 오지 마라! 이 계집을 죽이겠다!"

백자흔이 허공에서 신형을 멈칫하더니 바로 방향을 바꾸어 음유를 덮쳐 갔다.

음유가 서둘러 칼을 막으며 외쳤다.

"네 계집이 죽어도 좋단 말이냐?"

카앙!

백자흔은 음유의 칼을 쳐내면서 공격을 멈추지 않았다.

"생각했던 것보다 더 형편없구나, 음유! 언제부터 그렇게 비겁해진 거냐?"

카앙! 캉!

맹렬하게 몰아붙이는 백자흔의 공격에 피하기 급급한 음유였다.

이때 소소의 목에 칼을 들이댄 냉사성은 갑자기 목이 졸리며 비명을 지르고 있었다.

우두둑!

"으아악!"

그의 목을 조른 건 눈처럼 하얀 머리카락이었다. 백발마녀가 어느 틈엔가 그의 뒤에 귀신처럼 서 있었다.

더 놀라운 것은 그녀의 머리카락이 목을 감아 조인 게 냉사성만이 아니라는 것이었다. 냉사성과 함께 움직이고 있던 그의 두 동료도 백발마녀의 머리카락에 목이 조여 이미 목뼈가 으스러져 죽임을 당해 있었다.

머리카락이 한줄기로 뻗어 나와 목을 조르는 것도 괴이한 광경일 텐데 세 갈래로 뻗어 나와 동시에 세 명의 목을 졸랐으니 혼비백산할 일이었다.

백자흔은 사실 백발마녀의 출현을 먼저 알고 음유를 공격했던 것이었다.

음유는 백발마녀의 등장에 당혹감을 감추지 못했다. 그렇지 않아도 백자흔을 상대하기도 어려운 판에 인질까지 빼앗겨 버렸으니 그로선 사면초가가 아닐 수 없었다.

"으아아!"

그는 전력을 다해 칼을 휘둘러 백자흔을 밀어냈다. 맞대어진 두 자루 칼은 예리한 금속성을 내며 불꽃을 튀겼지만 백자흔은 그의 젖 먹던 힘을 다한 필사의 공격에도 불구하고 꿈쩍도 하지 않았다.

백자흔의 얼굴이 음유의 얼굴 앞에서 저승사자처럼 하얗게 변하고 있었다.

"마지막이오, 사형."

음유가 빠르게 칼을 밀치며 반탄력을 이용해 신형을 뒤로 튕겼다.

그러나 백자흔의 신형이 어느새 거리를 좁혀왔다.

음유는 백자흔을 떨어뜨려 놓으려 했지만 둘 사이의 간격은 결코 벌어지지 않았다.

칼이다.

칼날이다.

음유는 눈을 파고드는 듯한 섬뜩한 섬광을 보았다. 칼이라는 건 그의 느낌이었을 뿐 실제로 그가 본 것은 허공에 번쩍인 섬광뿐이었다.

"으아악!"

음유의 목이 허공에 떠올라 비명을 질렀다.

그가 뿌린 피가 백자흔의 얼굴에 후두둑 빗물처럼 떨어졌다.

곤룡혈귀 음유의 최후는 그렇게 참담하게 끝을 맺었다.

소소는 비틀거리며 자리에서 일어나 백발마녀를 향해 공손하게 허리를 숙였다.

"덕분에 목숨을 부지했습니다. 고맙습니다."

백발마녀는 가는 웃음을 입가에 띠었다.

"우리는 모두 생사를 같이하는 동지인데 그런 인사를 듣다니… 좀 섭섭하군."

"어쨌든 소녀의 목숨을 구해주셨습니다."

"소저의 목숨을 구한 게 아니네. 소저가 놈의 인질이 된다면 백 대주의 상황이 곤란한 걸 염려한 거지."

백자흔이 백발마녀를 향해 걸어오며 말했다.

"꼭 그리 말씀하실 것까지야 있습니까, 그냥 인사를 받으시면 될 것을."

백발마녀의 입가에서 웃음이 더 커지며 번져 올랐다.

"사실을 사실대로 말한 뿐이네. 당연한 일을 해놓고 인사를 받자니 겸연쩍은 것도 사실이고.”

이때 백자흔이 문득 생각이라도 난 듯 말했다.

“그런데 마교십악과 수괴가 보이지 않습니다.”

“나도 그 점을 괴이하게 여기고 있었네.”

“아뿔싸.”

백자흔이 놀란 신음을 내질렀다.

“왜 그러는가?”

백발마녀가 의아한 표정을 하고 물었다.

백자흔이 소소를 양손에 받쳐 안아 들고는 신형을 숫구치며 외쳤다.

“놈은 자미공주를 노리는 겁니다!”

*　　　*　　　*

흉신악부 막거정은 낙양제일루의 지붕을 딛고 서 있었다. 그의 주위에는 헤아릴 수 없이 많은 혈편복들이 날아다녔다. 그리고 자세히 보면 날아다니는 혈편복 속으로 시커먼 인영 하나가 서 있는 것 역시 보였다.

마교십악의 암흑전귀가 분명했다.

막거정은 두 눈에 불을 켜고 암흑전귀를 노려보고 있었다.

“네놈이 무고한 나의 황하 식솔들을 무참하게 해친 놈이

렷다!"

암흑전귀가 이상한 소리를 내며 웃었다. 매우 듣기 거북한 웃음이었다.

"컥컥… 그래서 여기까지 쫓아왔단 말이냐? 날 잡으러?"

"잡기뿐이겠느냐? 난도분시(亂刀分屍)하고 천참만륙(千斬萬肉)하고자 한다!"

"컥컥… 그게 어떻게 네 마음대로 되겠느냐?"

암흑전귀가 웃으며 양팔을 활짝 펼쳤다.

"나의 자식들이여! 시작해라!"

그의 말과 함께 허공을 날기만 하던 혈편복들이 막거정을 향해 쏜살같이 달려들며 공격을 시작했다. 그저 많다는 것만으로는 표현이 되지 않았다. 하늘 새까맣게 덮은 혈편복들이었다.

막거정은 칼을 휘둘러 혈편복을 쳐냈지만 사실상 그의 도법은 상황을 이겨내는 데 아무런 도움이 되지 못했다. 벌써 그의 몸을 새까맣게 덮으며 달라붙은 혈편복이 그의 얼굴이며, 목, 귀, 팔과 다리 등에서 피를 쭉쭉 빨아댔다.

떼어내면 다시 달라붙으니 아무리 온몸을 허우적거려도 소용이 없었다.

목곽이 달려들어 보았으나 잠깐 사이에 그도 막거정과 다를 바 없는 처지가 되었다.

이대로라면 두 사람이 피를 모두 빨려 죽는 건 시간문제였다.

이때 어디선가 가느다란 휘파람 소리가 울렸다.

그리고 놀라운 일이 벌어졌다.

휘파람 소리를 들은 혈편복들이 목곽과 막거정의 몸에서 떨어져 하늘로 날아오른 것이었다.

막거정은 시야를 확보하자마자 목곽을 발견하고는 소리쳤다.

"목가 너!"

목곽은 어안이 벙벙한 눈으로 암흑전귀를 쳐다보고 있었다.

암흑전귀는 당황한 표정을 감추지 못했다.

"누… 누구냐? 누가 감히 방해하는 거냐?"

대답은 그의 뒤쪽에서 들렸다.

"네가 만수환귀술(萬獸還鬼術)을 배운 자냐?"

암흑전귀는 소스라치게 놀라 고개를 뒤로 돌렸다.

그의 뒤에 우뚝 오연한 몸짓으로 서 있는 건 레이였다.

"네… 네가 어떻게 만수환귀술을 아느냐?"

레이가 날카로운 눈빛을 빛냈다.

"어떻게 아느냐니? 넌 네 주인으로부터 아무런 얘기도 듣지 못했단 말이냐?"

"네년의 정체부터 밝혀라."

"정녕 내 정체를 몰라 묻는 거냐?"

바람에 레이의 백발이 사방으로 흩날렸다.

암흑전귀가 음산한 웃음을 머금었다.

"백발마녀는 아니고… 백발마녀의 전인인 모양이로구나. 이제야 이해되었다."

"안됐구나, 그럼 네가 오늘 살아서 돌아갈 수 없다는 것도 함께 이해하였을 테니."

암흔전귀가 흠칫 놀라며 고개를 뒤로 돌렸다.

목곽과 막거정이 그를 향해 걸어오고 있었다.

암흑전귀는 양팔을 들어 올렸다.

그러나 레이의 휘파람 소리가 보다 빨랐다.

삐익.

소리에 하늘을 새까맣게 덮은 채 날고 있던 혈편복들이 갑자기 사방으로 흩어져 날아갔다.

"안 돼!"

암흑전귀가 비명 같은 외침을 터뜨렸지만 소용이 없었다.

혈편복은 순식간에 한 마리도 보이지 않고 모두 사라져 버렸다.

암흑전귀가 원독이 가득한 눈빛을 품고 레이를 노려보았다.

"네년이 감히……."

레이가 배시시 웃었다.

“네 주인은 널 사지에 떠밀어놓고는 왜 나타나지 않지? 버린 건가?”

그녀의 말이 채 끝나기도 전에 목곽이 비명 소리 같은 신음을 터뜨렸다.

“으억! 큰일 났다!”

막거정이 영문을 몰라 목곽에게 고개를 돌렸지만 목곽은 벌써 지붕 아래로 뛰어내린 뒤였다.

“뉘신지 모르지만 급한 일이 생긴 모양인데 이놈은 내게 맡기고 내려가 보시오!”

막거정이 레이를 보며 말했다.

레이가 어색하게 웃음 지었다.

“우리는 초면이지만 같은 편이라는 확실한 공감은 가지고 있는 것 같군요. 난 레이라고 해요. 백자흔 대협의 친구죠.”

막거정이 파안대소하며 크게 떠들었다.

“으하하하! 모두들 목곽의 친구라고 하지 않고 백자흔의 친구라는 걸 앞세우는군요! 하지만 난 목곽의 오랜 친구라오! 백자흔은 목곽을 통해서 알게 되었소!”

“앞세운다는 건 무슨 뜻이죠? 내가 백자흔 대협과 친구라는 걸 자랑삼아 뭔가를 얻어내길 원한다는 건가요?”

“그런 뜻은 아니오. 단지 강호의 서열이 목곽보다 백자흔이 높다는 걸 인정한다는 뜻이오! 별 뜻 아니었으니 괘념하지 마시구려!"

"······."

레이가 말없이 웃음을 짓자 막거정은 비로소 암흑전귀에게 흉흉한 눈빛을 던졌다.

"내 네놈의 목숨은 남의 손에 넘길 수 없다!"

팍!

그의 신형이 지붕을 박차고 암흑전귀에게로 날아갔다. 꽤나 큰 덩치였으나 그의 움직임은 믿을 수 없을 만치 날렵하고 민첩했다.

레이는 조용히 고개를 끄덕였다.

암흑전귀는 동물을 부리는 만수환귀술을 익혀 그 자신의 무예는 다른 마교십악보다 모자란 것이 주지의 사실이었다.

막거정은 허리춤의 도끼를 뽑아 들어 암흑전귀의 머리통을 향해 내려쳤다.

그러나 암흑전귀도 어느 틈에 뽑아 든 낭아곤(狼牙棍)으로 막거정이 내려치는 도끼를 상대하여 막았다.

막거정이 성질을 참지 못하고 대갈거렸다.

"이 자식이 같잖게 놀아보자네!"

후웅!

그가 암흑전귀와의 거리를 좁히며 도끼를 휘둘러대자 암흑전귀는 감히 맞싸우지 못하고 뒷걸음질치며 피했다.

막거정은 내친김에 암흑전귀를 지붕 끝까지 몰아붙였다.

지붕 끝에 이른 암흑전귀는 순간 당황한 표정을 지으며 이를 악물고 달려들었다.

벼랑 끝에 내몰린 자들이 흔히 쓰는 동귀어진(同歸於盡)의 악독한 수법이었다. 자신의 몸을 돌보지 않고 상대에게 치명적인 공격을 가하게 되니, 자신의 몸을 돌보려는 자는 피할 수밖에 없었다.

그러나 막거정은 거침없이 암흑전귀의 공격을 맞받아쳤다.

동귀어진의 마지막 수를 던진 암흑전귀가 오히려 죽음의 위협을 받고 순간적으로 주춤거렸다.

그것이 암흑전귀의 마지막이었다.

퍼억!

"으아아악!"

막거정의 도끼가 암흑전귀의 머리에 박혀 그의 머리통을 두 쪽으로 쪼개 버렸다.

뇌수와 피가 범벅이 되어 하늘로 튀었다.

막거정이 그래도 화가 풀리지 않는 듯 암흑전귀의 가슴을 발로 차 그의 몸을 지붕 아래로 떨어뜨렸다.

"감히 누구한테 꼼수를 써. 네놈이 담대하기로 따지자면 나 막거정이 하늘 아래 가장 위대하다는 걸 몰랐구나."

지켜보고 있던 레이의 눈이 보물을 발견이라도 한 듯 반짝
거렸다.

그녀가 막거정에게 다가서며 말을 붙였다.

"장가갔나요?"

막거정이 불편한 표정으로 레이를 쳐다보았다.

"아무리 강호의 여자들이 예의범절에 자유롭다고 하나 그
게 처음 보는 여자가 할 소리는 아니지."

레이가 교소를 흘렸다.

"까르르… 그건 중원의 여자들에게나 통용되는 말이죠."

"그럼 소저는 중원의 여자가 아니란 말이오?"

"오랜만에 사 입은 옷이 그렇게 오해하게 만들었군요. 난
말갈족이에요."

"말갈족?"

갑자기 막거정의 눈이 휘둥그레졌다.

들은 얘기가 있는 때문이었다.

"그렇다면 소저가 말갈족의 레이 공주입니까?"

레이가 화들짝 놀란 표정을 지었다.

"맞아요. 날 어떻게 알죠?"

"으하하하하하!"

막거정이 박장대소했다.

"어떻게 알기는요. 난 백자흔과 목곽의 친구라니까요."

“백자흔 대협이 내 얘기를 뭐라 하던가요? 날 안 좋게 얘기하던가요?”

“안 좋게 얘기할 게 뭐 있습니까. 북녘 땅에서 있었던 싸움에 대한 얘기를 들은 것뿐입니다. 듣자니 백발마녀의 제자가 되기로 했다던데… 그래서 이렇게 된 겁니까? 그 백발…….”

“사부님께서는 오래전부터 마교의 마공이 수록된 무공 비급을 훔쳐 간 도둑놈을 쫓고 있었어요. 마교십악은 그 도둑놈이 만들어낸 마인들이에요. 그러니 나와 사부님에 대한 오해는 하지 마세요. 난 어디까지나 백자흔 대협의 친구로서 이곳에 왔고 그를 도울 생각이니까. 우리는…….”

“잘 지내봅시다.”

막거정이 먼저 불쑥 손을 내밀었다.

레이가 조용히 그 손을 잡았다. 그녀의 얼굴이 홍조로 물들었다.

막거정이 껄껄 소리내어 웃었다.

“내 생전 처음으로 질투를 느낍니다. 백자흔 이놈, 뭐가 그리 잘나서 이렇게 예쁜 여자들을 혼자서 다 꿰차는 건지…….”

“잠깐만요.”

“……?”

“난 백자흔 대협의 여자가 아니에요. 한때 그를 좋아하기는 했지만… 그와는 아무런 일도 없었어요.”

“정색하니까 더 이상합니다.”

“내가 정색하고 말하는 건 귀공한테는 사실을 알려야 한다고 내 마음이 시키기 때문입니다.”

“나와 사귀고 싶단 말입니까?”

막거정은 펄쩍 뛰듯 말했다. 누가 봐도 그의 말투와 행동은 화난 사람처럼 보였다.

레이가 조용히 고개를 끄덕였다.

말갈족의 여인답게 꾸밈없이 솔직한 그녀의 태도에 당황한 건 막거정이었다.

막거정은 어처구니가 없는 표정으로 한참 레이의 얼굴을 바라보았다.

그는 침착하고자 무던히 애를 쓰면서 말을 꺼냈다.

“난… 공주님의 문제를 백자흔과 먼저 얘기해야겠습니다. 혹시나 백자흔이 공주님을 마음에 두고 있다면…….”

“있다면요?”

레이가 따지듯이 그의 눈을 정면으로 쳐다보았다.

“있다면… 그가 공주님을 마음에 두고 있다면 난 공주님의 마음을 받아들일 수 없습니다. 왜냐하면 그는 나의 친구이고… 난 친구가 불쾌해하는 일을 할 수 없기 때문입니다.”

순간 레이의 오른발이 뻗어나가 막거정의 정강이를 사납게 걷어찼다.

"무슨 남자가 그렇게 용기가 없어요! 진짜 남자인 줄 알았더니 똥, 오줌도 못 가리는 어린애잖아!"

퍽!

"아욱!"

막거정은 두 손으로 채인 정강이를 붙들고 펄쩍펄쩍 뛰었다. 얼마나 아프게 채였는지 그의 눈에 눈물이 그렁그렁했다.

레이가 막거정으로부터 등을 보였다.

"찌질하기는……."

그러나 아픈 와중에도 막거정은 웃고 있었다.

"와하하하!"

레이가 다시 고개를 돌려 그에게 악다구니를 터뜨렸다.

"왜 웃어?!"

"왜 웃겠습니까? 공주가 귀여워서 웃지 않습니까?"

귀엽다는 말에 레이의 화가 봄눈 녹듯이 녹아버렸다.

"귀여우니까 어쩌려고요?"

막거정이 얼굴을 붉히며 말했다.

"안아주고 싶소. 하지만 내가 안아주는데는 레이 공주의 허락이 필요하오."

“그럼 안아주세요, 한 번만.”

그녀의 말이 떨어지기 무섭게 막거정이 성난 곰처럼 달려들어 그녀의 작은 몸을 와락 끌어안았다. 그러나 끌어안는 순간 그들은 벼락이라도 맞은 듯 놀라며 떨어졌다. 그들의 옆에서 갑작스럽게 인기척이 느껴진 것이었다.

“잘한다, 이 마당에 사랑노름이라니.”

목곽이었다. 목곽의 옆에는 이가소가 붙어 서 있었다.

막거정이 안도하며 목곽에게 말을 건넸다.

“무슨 일이었어? 하늘이 개벽해도 놀라지 않을 놈이 갑자기 도망쳐 버려서 걱정했잖아.”

도망쳤다는 말이 거슬리긴 했지만 목곽은 말꼬리를 잡을 기분이 아니었다.

“자미공주가 사라졌다. 갑자기 일어나서 밖으로 나갔다는데… 찾아봤지만 흔적이 없어.”

레이가 놀라서 떠들어댔다.

“그렇군요. 암흑전귀는 미끼에 불과했고 그들이 노린 건 자미공주였어요. 목 대협은 그걸 알았는데 난 왜 그걸 눈치채지 못한 거죠?”

막거정이 서둘렀다.

“그럼 이러고 있을 때가 아니잖아. 빨리 자미공주를 찾아보자고.”

팍.

그의 신형이 지붕을 박차고 날아갔다.

레이가 우뚝 선 채 손을 들어 허공에 손짓했다.

"찾아라."

순간 낙양제일루 건물 사방 여기저기에서 검은 인영들이 숫구쳐 나왔다.

대략 삼십여 명에 이르는 흑포를 걸친 자들이었는데 그들은 바로 사방으로 흩어졌다.

이때 허공에서 날아내리는 두 줄기 그림자가 있었다.

척.

이가소와 목곽은 급박한 표정으로 그들의 신분을 확인했다.

백발마녀와 백자흔이었는데, 백자흔의 두 팔에는 사경을 헤메는 소소가 들려 있었다.

이가소가 놀란 얼굴을 하고 백자흔에게 다가들어 소소의 완맥을 잡았다.

"어떻게 된 거예요, 소소는?"

백자흔이 침통한 표정으로 나직이 대답했다.

"곤륭혈귀 음유에게 당했다. 피를 많이 흘렸고 외상이 깊어."

그의 말이 끝나기도 전에 목곽이 또 다른 질문을 해왔다.

“음유는?”

백자흔이 목곽을 쳐다보며 무뚝뚝한 표정을 일관한 채 대답했다.

“죽였다.”

“그거 잘했네!”

목곽이 큰 소리로 외쳤다.

“여기 어떻게 된 거야?”

그러나 백자흔이 묻자 목곽의 표정은 금방 침통하게 가라앉았다.

“자미공주가 놈들에게 납치당했다. 암흑전귀와 다투느라 현장도 확인하지 못했어.”

백자흔의 표정이 굳어졌다.

이가소가 고개를 들어 백자흔을 쳐다보았다.

“내 탓이에요. 내가 지키고 있었어요. 갑자기 일어나 밖으로 나가는데 난 그저 용변을 보러 가는 줄 알고…….”

백자흔이 담담한 표정으로 고개를 끄덕였다.

“주술자가 밖에서 불러냈군. 놈이 안에까지 들어오지 않은 게 그나마 다행이오. 물건을 훔치러 들어온 도둑이 주인한테 들키면 주인까지 해치는 게 다반사인데…….”

이가소는 자신을 걱정해 주는 백자흔의 마음에 한결 마음이 편안해졌다.

“어쨌든 내 책임이니 다른 분들에게는 아무 말 말아주세요. 내가 고개를 들 수 없어요.”

백발마녀가 다가왔다.

“지금 잘잘못을 따질 때가 아니다. 이 아가씨부터 살리고 봐야지. 신수궁의 제자라며?”

“예.”

이가소는 대답과 함께 소소의 진맥을 잡고 눈을 지그시 감았다.

그사이 목곽이 백자흔을 쳐다보며 말을 건넸다.

“자미공주 문제는 어떡하지? 벌써 멀리 도망친 것 같은데. 자미공주만 빼내서 사라진 건 숨기겠다는 계산이 숨어 있다고 볼 수 있잖아.”

“나도 같은 생각이야. 다른 사람들까지 해칠 생각이었다면 암흑전귀만 보내지 않았겠지.”

“왜 자미공주를 데려간 걸까?”

“그걸 내가 안다고 생각해?”

백자흔이 불평하듯 말하며 목곽을 쳐다보았다.

목곽이 이빨을 드러내며 씨익 웃었다.

“언제부터인지 너 날 너무 우습게보고 막 대하는 거 아니야? 내가 자미공주를 지키지 못해서 화났냐?”

백자흔이 그로부터 몸을 아예 돌려 버렸다.

"네가 없었다면 내가 처음부터 다른 방도를 구했겠지. 내가 널 믿은 건 사실이잖아."

"······."

목곽이 아무런 말도 못하고 침묵을 지켰다.

*   *   *

이가소는 소소의 상세를 돌보고 있었다.

소소의 상세는 위중했지만 이가소의 정성스런 치료 덕에 목숨은 건졌다. 그녀의 뛰어난 의술이 아니었다면 불가능한 일이었다.

탕약을 달여 온 이가소가 소소의 상체를 일으켜 가슴에 부축하고 마시게 하고 있었다.

소소가 탕약을 마시며 입가에 미소를 지었다.

"고마워요, 언니."

이가소가 조용히 고개를 저었다.

"당연할 일인걸."

"······."

기운이 없는 소소는 더 이상 대화를 잇지 못하고 이가소에 의해 침상에 다시 눕혀졌다.

이가소가 그녀의 얼굴을 들여다보며 안스러운 표정으로

말했다.

"야속하지?"

"뭐가요?"

"그 사람 말이야. 네가 그 사람을 도우려다가 다쳤다는 얘기 들었어. 그런데도 들러보지도 않잖아. 내가 다 화가 나는데 동생 기분은 어떻겠어. 화가 날 땐 화를 내야지."

"화낼 기운도 없는걸요. 화나지도 않고요."

"어떻게 그렇게 한마음일 수 있지? 아무런 대가도 보상도 없이 바보처럼……."

"내가 사랑하는 거예요. 그의 감정은 그의 감정이고. 강요해서 될 일이 아니니 화를 내서 될 일은 더욱 아니잖아요. 그래서 포기했어요. 그냥 나만 좋아하는 거라고. 언젠가 알아주고 받아줄 거라는 기대도 하지 않아요. 그럴 거라면 벌써 그렇게 됐을 거예요."

말하는 소소의 눈에 눈물이 그렁그렁 차올랐다.

이가소가 느릿하게 몸을 일으켰다.

"쉬어. 잠을 자고 나면 더 나아져 있을 거야."

"예, 언니."

소소는 희미하게 웃음을 지었다. 그녀의 웃음이 꺼져가는 불빛 같았다.

이때 밖으로 나가는 이가소와 스치는 사람이 있었다.

백자흔이 들어왔지만 이가소는 그녀에게 말 한마디도 건네지 않고 밖으로 나가버렸다.

백자흔이 소소의 옆에 자리를 잡고 앉았다.

그는 물끄러미 소소를 내려다보다가 문득 생각이라도 난 듯 입을 열었다.

"난 너를 여자로 생각해 본 적이 없다. 넌 한결같이 나의 수하였다."

소소가 뜸을 들이다 말했다.

"알아요, 대주에게 내가 여자가 아니라는 거."

"고마웠다. 날 지켜준 거 고맙게 생각하고 있다."

"당연히 해야 할 일이었을 뿐이에요. 대주를 지키는 게 나의 가장 큰 임무잖아요."

"……"

백자흔은 할 말이 없는 듯 더 이상 말을 잇지 못했다.

소소가 그런 백자흔을 물끄러미 보다가 말했다.

"요요는 되고 왜 나는 안 되는 거죠? 다 이해하겠는데 난 그 점이 이해가 안 돼요."

백자흔의 얼굴에 고민하는 표정이 드러났다.

확실히 규정지어 대답할 수 없는 물음이기도 했지만 소소를 자극하지 않고 이해시킬 말이 필요한 때문이었다.

소소가 어색하게 웃었다.

"대답하기 곤란하면 대답하지 않아도 돼요. 대부가 고민하는 얼굴을 별로 본 적이 없어서 내가 다 당황스럽네요."

"대답하겠다."

"……."

"말이 잘 되는지는 모르겠지만 요요는 내가 갖고 놀아도 상처받지 않을 거라고 생각했다. 워낙 음란한 아이라 버림받는 거 따위는 아무렇지도 않게 받아들일 수 있는 아이니까. 하지만 넌 달랐다. 내가 널 가졌다면 넌 크게 상처를 받았을 거다. 다시 말해 난 너와 요요 어느 누구에게도 마음을 준 적이 없다. 내가 너희들을 수하로서 아끼는 것과 사랑은 별개의 문제였다. 내게는……."

"나쁜 사람이군요, 대주는……."

소소는 눈을 감았다.

결국 가장 듣고 싶어하지 않았던 얘기를 듣고 말았다. 그녀가 가장 두려워했던 그의 마음을 확인하고 말았다.

포기하고 있었지만 일말의 기대를 품고 있던 소소였다.

그녀의 절망은 깊었다. 눈을 감은 채 그녀는 다시는 깨어나길 원하지 않았다. 눈물이 감은 그녀의 눈을 비집고 꾸역꾸역 흘러나왔다.

백자흔이 몸을 일으켰을 때 막거정과 레이가 안으로 들어섰다.

"결국 놈을 놓쳤다. 찾을 수가 없어."

"그림자도 없어요. 남궁세가로 갔겠지만……."

백자흔은 고개를 숙인 채 말했다. 자신의 눈에 고인 눈물을 그들에게 읽히고 싶지 않았다.

"천천히 생각하자. 지금 자미공주를 구하러 가는 건 놈들의 뜻대로 따라주는 꼴밖에 되지 않으니까."

막거정이 레이를 보며 말했다.

"내가 뭐랬어요. 이놈은 어떤 험악한 상황이 닥쳐도 냉정한 놈이라니까요. 당장 움직이지 않을 거라고 했잖아요."

"하지만……."

레이는 말꼬리를 흐리며 백자흔을 쳐다보았다.

무언가 할 말이 많은 표정이었지만 내뱉지는 못했다.

백자흔이 고개를 들었다.

"뭘 생각하는 거요? 내가 자미공주와 결혼해 이 나라의 부마도위가 되는 데 문제가 생길 거라고? 그러니 당연히 자미공주를 구하러 가야 된다고?"

"어쩔 셈이죠?"

"철부지 하나가 설친 일로 대사를 그르칠 수는 없는 일 아닙니까. 남궁세가에서도 자미공주를 해코지하기는 쉽지 않을 겁니다. 그녀를 이용하려 들 게 뻔합니다."

"어떻게 이용한 거라고 생각하는 거죠?"

"자미공주를 이용해 황제를 협박하고 회유하려 들겠죠. 강호오대세가도 전쟁을 원하지는 않으니까."

"그러니 당분간 자미공주의 신변은 무사할 것이다?"

"그렇습니다."

백자흔이 빙그레 웃으며 막거정에게 시선을 던졌다.

하지만 막거정은 그의 시선에 아랑곳하지 않고 레이를 그윽한 눈빛으로 바라보고 있을 뿐이었다.

이때 밖에서 시끄러운 소리가 들렸다.

레이가 고개를 돌려 밖을 향해 말했다.

"무슨 일이냐?"

밖에서 말이 들려왔다.

오래전부터 마교의 제자들이 낙양제일루를 지키고 있었던 것이다.

"웬 거지가 와서 백자흔 대협을 봬야겠다고 떼를 쓰고 있습니다."

"거지?"

레이가 중얼거리며 백자흔을 쳐다봤다.

백자흔이 고개를 끄덕였다.

레이가 밖을 향해 말했다.

"데려와라."

"예!"

마교의 제자들이 늙은 거지 하나를 대동하고 들어왔다.

개방 방주 취선개였다.

"방주님께서 여긴 어떻게……."

백자흔이 자리에서 일어나 허리를 굽혔다.

취선개가 흡족한 표정을 한 채 너그러운 웃음을 지었다.

"무림의 존장을 알아보는 건 좋은 일이지. 많이 유순해졌구나, 백자흔."

그러나 백자흔의 표정은 태도와 달리 차갑고 거만했다.

"인사를 드리는 건 어려운 일이 아닙니다."

"마령선인께서 네놈의 얘기를 곧잘 하셨지."

"이곳에 오신 뜻을 알고 싶습니다."

"귀찮다 이거냐?"

취선개가 벌컥 화를 내며 언성을 높였다.

이가소가 그들 사이에 끼어들었다.

"자미공주 때문에 오신 거겠죠. 아니십니까?"

"오라, 네년이 마령선인이 침 발라가면서 칭찬한 이가소란 계집이로구나."

"예."

이가소는 공손하게 허리를 굽혔다.

취선개가 주위를 둘러보며 말했다.

"천근벽해 목곽도 함께 있는 줄 아는데?"

이가소가 대답했다.

"옆방에서 자고 있습니다."

"한심한 놈 같으니, 지금이 어느 때인데 제놈이 팔자 늘어지게 잠을 처자고 있어."

이때 그의 뒤에서 목곽의 굵은 음성이 들렸다.

"볼일이 내게 있는 거요?"

취선개가 고개를 뒤로 돌리다가 흠칫 놀란 표정을 지었다.

방으로 들어온 것은 목곽뿐만이 아니었기 때문이다. 백발마녀도 함께 나타났다.

취선개는 적의감에 불타는 눈으로 백발마녀를 노려보았다.

"넌… 마교의 교주 백발마녀가 아니냐?"

백발마녀가 냉랭하게 코웃음을 쳤다.

"내가 마교의 교주라는 건 천하가 다 아는 사실이다. 그래서 뭐가 어쨌다는 거냐?"

"어떻게 된 거냐? 왜 너희들이 이 요망한 계집과 함께 있는 거냐?"

취선개는 주위에 있는 사람들을 둘러보며 당황한 표정을 감추지 못했다.

*　　　*　　　*

“화산의 여제자들을 자미공주의 호위로 붙여놓았지만 폐하께서는 마음을 놓지 못하였다. 그래서 내게 은밀히 자미공주를 지켜달라는 어지(御志)를 내리셨지. 그런데 일이 이처럼 되어버렸으니 노개는 폐하의 용안을 뵐 면목이 없도다.”

취선개는 그간 자신이 자미공주의 뒤를 따라온 과정을 이처럼 설명했다. 그러나 그의 관심은 얘기하는 중에도 계속 백발마녀에게 가 있었다.

“그러니 네 말대로라면 난을 일으킨 마교는 진정한 마교가 아니고 마교십악으로 남궁세가의 하수인들이라 이거렷다?”

백발마녀의 표정이 심드렁했다.

“네가 몇 살이나 처먹었는지 몰라도 이 자리에선 내가 가장 무림의 존장일 터. 내게 기본적인 예의는 갖추는 것이 어떠냐?”

“몇 살이나 처먹었게?”

취선개가 발끈한 표정을 지었다.

나이로 따지자면 취선개는 그가 알고 있는 한 이 땅에 살아 있는 최고령자 중 하나였다.

백발마녀가 음산한 웃음을 지었다.

"모르긴 해도 내가 너보다 스무 살은 더 먹었을걸. 그러면 네 어머니뻘이 아니겠느냐?"

"그렇게 우기기로 작정했느냐?"

"팔십 년 전인가, 네 사부 취광개(醉狂丐)를 만난 적이 있었다. 동정호(洞庭湖)에서 웬 어린 거지의 손을 잡고 있었지. 그때 따라온 어린 거지가 네가 아니었단 말이냐?"

취선개가 놀란 눈을 휘둥그레 떴다.

"그, 그럼 네가 강호일미(江湖一美)란 말이냐?"

강호일미!

하지만 사람들은 강호일요라고 부르길 더 좋아했던 전대의 여걸이 아닌가.

백발마녀가 교소를 터뜨렸다.

"깔깔깔… 너라니? 그땐 아줌마라고 불러놓고."

"……!"

취선개는 놀란 입을 다물지 못했다.

백발마녀의 얼굴에 미소가 떠올랐다.

"팔십 년 전의 일인데도 기억하고 있구나. 만난 상대가 강호일미였으니 기억하는 것이겠지. 그땐 정말 쫓아다니는 남자들이 많았는데……."

막거정이 참지 못하고 끼어들었다.

"그럼 교주님의 올해 세수가 대체 몇이란 말입니까? 백 세가 훌쩍 넘으셨다는 겁니까? 그 얼굴이……?"

백발마녀가 배시시 웃었다.

"올해가 무진년(戊辰年)이니 백하고도 일곱이 되었구나."

"맙소사!"

막거정이 입을 쩍 벌렸다.

일갑자(一甲子:60년)만 살아도 장수하는 건데 근 이 갑자를 살고 있는 마녀라니.

레이가 주위의 분위기를 살피면서 말했다.

"사부님께서는 도인과 같은 삶을 살고 계세요. 모든 욕망을 끊고 식단도 벽곡(僻穀)으로만 꾸리시죠. 사실 마교란 사람들의 편견에 불과해요. 오래전부터 그렇게 불려왔지만 그렇게 불려야 할 이유는 없었던 거죠. 마교는 그저 무공에 정심하고 세상의 마두들을 살펴 그들의 사악한 무공이 후세에 전해지는 연결고리를 끊어왔어요."

취선개가 백발마녀를 보며 물었다.

"그런데 왜 그들에게서 얻은 마공을 없애지 않고 기록해놓은 것이오?"

말투가 정중하게 바뀌었으므로 백발마녀는 가늘게 웃었다. 그녀 또한 예의를 갖추지 않을 수 없었다. 나이보다 우선하는 취선개의 신분 때문이었다. 취선개는 개방의 장문인이 아닌가.

"기록한 건 연구를 위한 것이었습니다. 아무리 나쁜 것이라도 취할 게 없지는 않죠. 세상을 크게 어지럽힌 마두들이 배운 마공은 나름대로 고도의 상승무학이기도 합니다. 마교의 무학이 발전하는 원천이기도 합니다. 그를 담아놓은 비급을 세상에 노출시킨 건 마교의 큰 잘못입니다만 근간의 사정은 그렇습니다."

"그래서 마경의 무공을 배운 자들이 세상에 모습을 드러내자 마교도 따라서 강호에 나왔다는 겁니까?"

"결자해지(結者解之) 아닙니까. 우리에게서 비롯된 일이니 바로잡는 것도 우리의 책임이라고 믿었죠."

"알겠소."

취선개가 대답과 함께 눈을 감았다 떴다.

"난 마교를 이제 우리의 동지로 받아들이겠습니다. 그리고 나의 뜻을 폐하와 뜻을 같이하는 구파일방의 동지들에게 전하겠습니다."

똑바로 취선개의 눈을 쳐다보던 백발마녀가 고개를 끄덕였다.

"폐하께서 윤허하신다면 마교는 폐하의 체제하에서 어느 무림문파 못지않게 질서를 따를 것입니다."

막거정이 탁자를 두 손바닥으로 내려치면서 자리에서 벌떡 일어나며 소리쳤다.

“이런 자리에 술이 없어서야 되겠어!”

이때 백자흔의 말이 그의 귀에 들렸다.

“막 두령, 술은 녹림십팔채에 가서 마신다.”

“왜?”

막거정이 고개를 내려 앉아 있는 백자흔을 쳐다보며 물었다.

백자흔의 얼굴에 뭔가 강한 의지가 일렁이고 있었다.

“더 이상 강호오대세가의 만행을 지켜보지 않겠다. 마교십악조차도 남궁세가가 꾸며낸 음모였다는 걸 안 이상 그들을 용서할 수 없다.”

취선개가 맞장구쳤다.

“그렇다. 강호오대세가는 나라의 체제를 흔들기 위해 무엇이든 할 수 있는 놈들이다. 하지만 마교십악까지도 그들이 저지른 일이라는 건 상상조차 하지 못했다. 그건 눈 뜨고 볼 수 없는 목불인견의 참상이었다. 더 이상 그들과의 공존은 없을 것이다. 이젠 전쟁뿐이다. 그들이 원하지 않아도 이젠 우리가 원한다.”

백자흔이 고개를 흔들었다.

“전쟁은 안 됩니다. 백성들을 또다시 그 소용돌이 속에 내던질 수는 없습니다. 빈대 몇 마리 잡자고 초가삼간을 다 태울 수는 없는 일입니다.”

목곽이 끼어들었다.

"하지만 강호오대세가를 궁지로 몰다 보면 이쪽에서 전쟁을 피하려 해도 그들이 전쟁을 원하게 될 겁니다."

백자흔이 목곽을 쳐다보았다.

"모용세가는 어때? 이참에 빠지는 게 모용세가에게도 좋을 텐데. 설득할 수 있겠어?"

목곽이 난감한 표정을 지었다.

"설득은 해보겠지만 장담할 수는 없다. 모용혜는 가문을 지키기 위해 무슨 짓이든 해왔고, 그녀의 선택은 늘 가문을 위한 것이었으니까."

"설득해. 아니면 내 손으로 네 여자를 죽이는 일이 생길지도 모른다. 어떤 상황인지 네가 더 잘 알잖아."

"군마(軍馬)며 병력이며… 모든 군비(軍備)에서 아직 우린 강호오대세가보다 부족하다. 객관적으로 봐서 아직은 강호오대세가가 강해. 그 사실이 뒤집히지 않는 한 그녀의 마음을 돌리기는 힘들다."

"돌려라. 나로 하여금 친구의 정인에게 칼을 겨누게 하지 마라."

백자흔의 강한 주장에 목곽이 깊이 숙고했다.

목곽이 입술을 지그시 물며 고개를 들어 백자흔의 눈을 똑바로 쳐다보며 말했다.

“알았다. 모용세가는 내게 맡겨라.”

그는 벌써 자리에서 일어나고 있었다.

“산동성 모용세가를 들러 녹림십팔채로 갈 것이다. 내가
마실 술은 남겨놔라.”

그는 바람처럼 밖으로 휑하니 나가 버렸다. 그 길로 산동성
모용세가로 가는 것이었다.

第三十五章　무르익는 피의 징조(徵兆)

黑道戰士

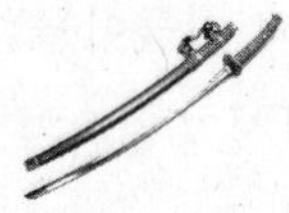

자금성 인근의 경계는 철통같았다. 자시에 이르면 군사들이 성곽을 따라 돌며 통금을 행하였고, 북경으로 들어오는 모든 성문과 관도도 통제되었다.

자시가 넘은 야심한 시각. 평민으로 보이는 서너 명의 장정이 야경꾼들을 피하면서 어디론가 가고 있었다.

그들이 이른 곳은 북경성에서 멀리 벗어나지 않은 곳에 있는 작은 주막이었다. 돌담 너머로 보이는 주막은 금방이라도 지붕이 무너져 내릴 것처럼 낡았다.

원래 버려진 폐가를 계집 하나가 사서 주막으로 운영하고 있는 곳이었다.

"오늘 밤 끝을 보는 거야. 알았지?"

"물론이지. 내 고년의 야들야들한 살결을 가슴에 품을 생각을 하면서 매일 밤 설쳤지 않은가."

"군사들 때문에 행인이 찾아들 일도 없고 그야말로 누워서 떡 먹기네."

그들은 조심스럽게 사립문을 밀고 안으로 들어갔다. 사위가 너무 조용해 조심한다고 했지만 나무끼리 마찰을 일으켜 소리가 났다.

주막으로부터 기척이 나면서 아리따운 계집 하나가 밖으로 모습을 드러냈다.

"누구세요?"

"이런!"

장한 하나가 놀라며 계집에게 달려들어 그녀의 입을 솥뚜껑만 한 손으로 우악스럽게 틀어막았다.

"⋯⋯!"

계집이 놀라서 눈을 부릅뜨고 발버둥치자 다른 장한들까지 가세해 그녀의 몸을 들어 올렸다.

계집의 연약한 힘으로는 당해낼 도리가 없었다.

장한들이 계집을 들어 주막 안으로 들어갈 때 그녀의 입을 틀어막은 장한이 외마디 비명을 내질렀다.

“악!”

계집이 장한의 손을 물어뜯은 것이었다.

장한이 피가 철철 흐르는 손을 허공에 뻗으면서 비명을 지를 때 또 다른 인기척이 사립문에서 들렸다.

“뭐 하는 짓들이냐?”

장한들이 놀라서 고개를 돌렸다.

그들이 열어놓은 사립문 앞에는 체격이 건장한 사내가 하나 서 있었는데, 신분이 높은 듯 울긋불긋한 관복(官服)을 입고 있었다.

앞서 있던 장한이 품에서 칼을 뽑아 들었다. 어린아이 팔만한 길이의 짧은 칼이었다.

“이놈! 가던 길이나 갈 것이지, 공연히 남의 일에 끼어들어 목숨을 재촉하는구나!”

사내가 가소롭다는 듯 껄껄 웃었다.

“하하. 남의 일이 아니다. 그 처자가 내 마누라이니 내 끼어들 자격이 충분하다.”

“마누라라고? 이 계집에게 남편이 있다는 얘기는 들어본 적이 없다!”

“지금 들었지 않느냐?”

“관을 보기 전에는 눈물을 흘리지 않을 놈이로구나!”

장한이 벼락처럼 달려들어 사내의 가슴을 칼로 찔렀다.

그러나 사내가 몸을 비틀자 그의 칼은 허공만을 찔렀고, 그는 이내 사내의 무릎에 복부가 차여 돼지 멱따는 듯한 비명을 내지르며 나뒹굴었다.

퍽!

"우억!"

사내가 쓰러진 장한을 다시 발로 걷어차며 떠들어댔다.

"하하! 나 천정창이 비록 강호에서 영명을 얻지 못했으나 네까짓 떨거지들 몇 놈쯤이야 상대하지 못하겠느냐. 네놈들 같은 떨거지들의 피를 묻힌다면 그것이 도리어 내게는 부끄러운 일이지."

"……"

"……"

당황하여 어쩔 줄 몰라 눈치를 보는 장한들을 향해 사내, 천정창이 호통을 쳤다.

"내 맘이 변하기 전에 썩 꺼져라!"

"고, 고맙습니다, 나리!"

장한들이 허리를 굽실거리면서 빠르게 사립문 밖으로 꽁지가 빠지게 도망쳤다.

계집, 취향은 눈에 눈물을 담고서 천정창을 바라보았다.

천정창이 다가가 그녀의 어깨를 감싸 안았다.

"내가 너무 늦게 왔구려. 고생이 많았소."

취향이 그의 가슴에 안겨 울음을 터뜨렸다.

"안 오시는 줄 알았어요. 버림받았다고 생각했어요."

*　　　*　　　*

뜨거운 폭풍이 한차례 휩쓸고 간 방 안에 땀으로 범벅이 된 천정창과 취향이 나란히 누웠다.

"어떻게 지내신 거예요?"

"폐하의 정무를 돕느라 눈코 뜰 새 없이 바빴소. 이게 핑계가 될지 모르겠지만 진짜 그랬다오."

"폐하의 애기는 여기서도 잘 듣고 있지요. 그보다 멀리 계시는 그분에 대해서도 가끔씩 듣고요."

"그럼 남궁세가에서 남궁천록과 자미공주의 혼례식이 있다는 것도 알고 있소?"

"들었어요. 남궁세가에서 아주 성대하게 치르겠다고 그날 오는 모든 사람을 융숭히 대접할 것이라 소문이 자자하더군요. 폐하의 허락을 받지 못했을 텐데 그들은 정말 무례하군요. 폐하께서는 어떻게……."

"혼례는 핑계일 뿐이오. 혼례를 핑계로 강호오대세가가 한 자리에 모일 거요. 전쟁을 의논하자는 것이겠지. 그리고 그들은 마침내 전쟁을 결의할 것이오. 폐하께서는 그리 보고 계시오."

"그럼 정말로 전쟁이 일어나는군요. 백성들은 안중에도 없고 그저⋯⋯."

"폐하의 잘못이 아니오. 도발은 저들이⋯⋯."

"잘못이 아니라는 건 말이 아니에요. 애초에 국사를 잘 돌봐서 강호오대세가가 파렴치한 짓을 하지 못하도록 했다면 이런 일이 일어나지는 않았겠죠."

"성향이 좀 바뀌었소? 온순하기만 하더니⋯⋯."

"주막을 하다 보니 듣는 얘기가 많아요. 결국은 정치 문제더라고요. 황실의 책임이 누구보다 커요."

"지금의 폐하는 다르오. 그 모든 것을 바로잡으려고 애쓰고 있소."

"그게 폐하께서 사는 길이니까요. 그래서 사람들은 폐하가 자신이 살기 위해 강호오대세가와 맞선다고 생각해요."

"⋯⋯."

천정창은 마음이 답답하고 무거웠다.

취향이 몸을 돌려 천정창의 가슴에 얼굴을 묻었다.

"알아요, 폐하가 올바른 길을 가고 있다는 것. 하지만 사람들은 아직 폐하의 힘을 믿지 못해요. 강호오대세가와 정면충돌하면 틀림없이 진다고 생각하죠. 그래서 사람들은 선뜻 결정하지 못하고 있어요. 폐하를 전폭적으로 지지했다가 이 싸

움이 강호오대세가의 승리로 끝나면 그 후에 돌아올 보복의
참담한 대가를 두려워하죠."

"그럴 것이오… 그럴 것이외다."

천정창은 넋두리처럼 중얼거렸다. 중신들이 아직도 황제
에게 마음을 돌리지 못하는 이유이기도 했다.

취향이 고개를 들어 천정창의 얼굴을 들여다보았다.

"그래서 사람들의 희망은 백자흔 대협이에요. 그는 마교십
악을 물리쳤고 도탄에 빠진 백성들을 구했어요. 그분이 이 난
세의 진정한 영웅이죠. 차라리 지금은 폐하보다 백자흔 대협
을 믿는 백성들이 더 많아요. 그분이 지금까지 해온 일들은
정말 믿을 수 없으니까요. 강호오대세가가 한낱 백정의 아들
인 백자흔 대협 하나를 처치하지 못하는 것에 사람들은 열광
하고 있어요. 그래서 이 싸움은 폐하가 아니라 백자흔 대협이
해야 한다고 전 생각해요."

"백 대주에게 너무 큰 짐을 지웠소. 그분은 너무 많은 희생
을 치렀소. 백 대주에게만 맡겨놓을 수는 없소."

"사람들이 말해요, 구파일방이 모든 힘을 합쳐도 해낼 수
없는 일을 그분이 하고 있다고. 안타깝지만… 그분이 우리 모
두의 희망인 걸 어쩌겠어요."

"……."

천정창은 무슨 말인가 하려다 말을 그냥 삼켜 버렸다. 아내

의 입에서 다른 남자를 칭송하는 말을 듣는 게 딱히 기분 좋
은 일만은 아니었지만 그렇다고 질투를 할 상황도 아니었다.
그들 사이에 백자흔이란 존재는 처음부터 있어왔고, 그들이
늙어 머리가 파뿌리가 될 때까지도 있을 존재였다.

천장을 바라보며 생각을 정리한 천정창이 취향의 머리카
락을 쓸어 만지며 입을 열었다.

"백 대주는 지금 녹림십팔채에 있소. 난 백 대주에게 취향
이 빚은 천일취를 보낼 생각이오. 자금성 가까운 곳에 자그마
한 술도가를 사놓았소. 아침 일찍 그곳으로 옮깁시다."

"그분을 위해 무엇이든 할 수 있다면 좋겠다고 생각했어
요. 술을 보내면 그분이 좋아할까요?"

"좋아할 거요. 당신이 잘살고 있다는 걸 증명하는 소식이
전해질 테니. 하지만 술을 보내는 사람은 당신이 아니라 폐하
요. 폐하의 이름으로 전해질 거요."

"그럼 제가 자금성에 술을 납품하는 건가요?"

"그렇소."

천정창이 벌러덩 몸을 뒤집어 취향의 몸을 그의 몸 아래 깔
았다.

"아아… 금방 하고도 힘이 남은 거예요?"

"오랜만이지 않소. 얼마나 굶주렸는지 모르오."

두 사람의 벌거벗은 몸이 뱀처럼 뒤엉켜 좀체 떨어질 줄 몰

랐다.

"아아……."

"아흐……."

좋은 일은 감정을 자극한다. 취향의 몸이 어느 때보다 뜨거
웠던 건 그 때문이었다.

*   *   *

양자강.

도도하게 흐르는 이 문명의 강줄기는 청해성(靑海省)에서
발원하여 사천성(四川省) 서부와 서장(西藏)의 경계에서 깊은
협곡을 이루며 남류(南流)한다.

양자강은 중원의 물류를 담당하며 양자강이 없이는 운송
을 해결할 방법이 없다고 해도 과언이 아니었다.

동정호(洞庭湖)를 옆에 낀 양자강의 중류.

이십여 척에 이르는 선단(船團)이 강을 거슬러 올라가고 있
었다.

선단의 파란 깃발에는 '화북(華北)' 이란 글씨가 크고 선명
하게 써져 있으니, 강호오대세가 중 두 번째로 손꼽히는 화북
용가의 화북상단 선단이 분명했다.

화북상단의 행수 배도고는 긴장한 표정을 감추지 못하고

있었다.

그의 옆에는 그의 장성한 아들 배화명이 보였다.

배도고는 불안한 표정으로 아들 배화명을 쳐다보았다.

"일을 배우는 것도 좋지만 이번에는 따라오지 않았어야 했을 것 같구나."

"왜죠, 아버님?"

"혼천귀도 백자흔이 녹림십팔채에 있다는데, 난 그것이 계속 꺼림칙하구나. 그는 귀주성의 흑도 무리들까지 녹림십팔채로 불러들였다."

"백자흔이 상단을 털기라도 할까 봐 그러십니까? 백자흔 정도 되는 자가 할 짓이 아닙니다. 그가 귀주성에 있는 흑도의 무리들까지 녹림십팔채에 오게 한 것은 강호오대세가가 전쟁을 벌이면 그 길목을 차단하겠다는 의도에 불과합니다. 모든 군수물자가 양자강을 통해 움직일 테니까요."

"입장을 바꿔보자. 네가 백자흔이고 양자강을 손에 넣었다면 넌 무엇을 하겠느냐?"

배화명이 잠시 생각하는가 싶더니 이내 자신있게 대답했다.

"소자가 그의 입장이라면 소자는 이곳에서 강호오대세가를 압박하겠습니다."

"어떻게?"

"강호오대세가의 상단과 표국 화물이 양자강을 다니지 못
하게 한다면 엄청난 타격을 주게 될 것입니다."

"그게 얼마나 큰 타격이 된다는 거냐?"

"강호오대세가는 덩치가 큰 탓에 수많은 식솔들이 딸려 있
고 매달 지출되는 사병들의 급여만도 엄청납니다. 상단을 운
영해 얻어지는 이익이 절반에 이르는데 상단의 발이 묶여 무
역을 하지 못한다면 식솔과 사병의 급여를 어떻게 매달 감당
할 수 있겠습니까."

"그럼 네가 생각하는 걸 그는 생각하지 못하겠느냐?"

"……."

배화명의 얼굴이 굳어졌다. 그는 굳어진 얼굴로 조심스럽
게 말했다.

"아버님의 우려대로라면 지금 우리의 앞에 백자흔이 나타
날지도……."

배도고의 어깨가 가늘게 떨렸다.

"저기 오는 게 그들이라는 것에 난 오늘 내 목숨을 걸어야
할 모양이다."

배화명도 그제야 전면을 보면서 흠칫 어깨를 떨었다. 아직
멀게 보이기는 하지만 수평선 끝으로 십여 척에 이르는 배가
모습을 드러내고 있었다.

점차 윤곽이 뚜렷해지는 배는 그러나 규모가 작았다. 배 안

은 겨우 십여 명이 탈 만했지만 배에 타고 있는 건 고작 서너 명뿐이었다. 그러니 십여 척의 배에 탄 자들의 수는 고작 삼사십 명에 불과했다.

규모도 작은 배들이 이십여 척에 이르는 거대한 범선으로 이루어진 선단을 가로막은 모습은 그래서 한편으론 우스꽝스러웠다.

"화북용가의 선단이다! 눈에 뵈는 게 없느냐?"

선단의 뱃머리에서 상단의 호위무사 하나가 사자후를 토해냈다.

선단을 가로막은 작은 배들 중 하나에서도 호통이 터져 나왔다.

"화북용가의 선단은 이곳을 지나갈 수 없다! 굳이 이곳을 지나가야겠다면 배에 실은 화물을 통행세로 거두겠다!"

배화명이 배도고를 돌아보며 말했다.

"아버님의 말씀이 맞았습니다. 이제 어쩌면 좋습니까?"

"이 배에 실린 화물은 빼앗길 수 없다. 또한 운송이 촉박한 화물이므로 길 또한 돌릴 수 없다."

배도고의 말에 배화명이 검을 뽑아 들고 소리 높여 외쳤다.

"뚫고 나가라! 기회는 지금뿐이다!"

배도고는 빠른 배화명의 결단력에 흡족한 웃음을 머금었다.

아직 완전히 포위된 것은 아니니 결단이 빠를수록 좋은 일
이었다.

화북상단의 범선들이 물살을 헤치며 일제히 앞으로 나아
갔다.

그에 비해 턱없이 작은 산적들의 배는 막상 범선이 뱃머리
로 밀치며 들어오자 우왕좌왕했다.

쿠웅!

"으악!"

"으아악!"

범선에 부딪친 산적들의 배가 깨지고 뒤집히며 배에 탄 산
적들이 비명을 지르며 물로 떨어졌다.

그때였다.

선단의 사방으로부터 빠르게 물살을 헤치며 오는 수많은
배들이 보였다.

촤아…….

작은 배들이었지만 한 배에 예닐곱 명씩 타고 있었는데 일
사불란하게 노를 저어 속도가 빨랐다.

그들은 순식간에 선단과의 거리를 좁혔다.

"으하하하! 주는 경주(慶酒)는 마다하고 벌주(罰酒)를 마시
기로 했단 말이지! 해치고 싶지는 않았다만 이제 어쩔 수 없
게 되었구나!"

많은 배들의 선두에서 배를 지휘하고 있는 사내의 모습은 얼른 봐도 범상치 않았다.

배도고가 그를 보고는 놀라서 두 눈을 휘둥그레 떴다.

"맙소사! 황하수로채의 두령 흉신악부 막거정이 아니냐? 녹림십팔채의 장강에 그도 와 있었단 말이냐?"

산적들의 배에서 던진 밧줄이 달린 갈고리가 범선의 난간으로 날아들었다. 난간에 걸린 갈고리를 떼어내려는 호위무사들에게는 화살이 쏘아졌다.

흔들리는 배 위에서 활을 쏘고 있는 산적들의 솜씨가 예사롭지 않아 십중팔은 호위무사를 과녁으로 삼았다.

"으악!"

"크아악!"

호위무사들이 정신을 못 차리는 사이에 밧줄을 타고 산적들이 범선에 들어섰다.

산적들은 배에 오르자마자 눈에 띄는 호위무사들을 닥치는 대로 베기 시작했다.

가장 먼저 범선에 오른 산적들은 사실 산적을 가장한 흑도의 무사들, 그것도 용맹하고 사납기 이를 데 없는 소혼귀도 장막의 무리들이었다.

장막과 그의 무리들이 일다경도 채 안 돼 공격한 범선을 점령했다.

다른 범선의 상황도 마찬가지였다.

애초에 상단의 호위무사들이 상대할 자들이 아니었다. 순식간에 일곱 척의 범선이 산적들에게 점령당하는 꼴을 보고서야 배도고가 눈을 질끈 감으며 소리쳤다.

"그만들 두시오! 항복하겠소! 희생을 줄여주시오!"

텅.

소리와 함께 흉신악부 막거정이 뱃전을 차고 일학충천(一鶴冲天)의 멋진 경공을 펼쳐 배도고가 있는 범선으로 올라섰다.

"으하하하! 고작 이만할 걸 나무토막처럼 뻗대셨소?"

배도고 옆에 있던 배화명이 버럭 소리를 질렀다.

"네놈이 사내라면 아버님을 모욕하지 말라! 아버님은 이미 항복하시지 않았느냐?"

"아들인가?"

막거정이 배화명을 보면서 고개를 끄덕이며 말을 이었다.

"그래. 네 아버님이 널 살리기 위해 서둘러 항복을 한 모양이로구나."

"……"

배화명이 힐긋 배도고를 봤지만 배도고는 말없이 막거정을 쳐다보고 있을 뿐이었다.

그는 한참을 생각한 후에야 막거정을 향해 말문을 열었다.

"너희들이 이리하는 것은 결국 전쟁을 하자는 속셈이냐?"

"속셈은 무슨 놈의 속셈? 셈은 너희 장사치 나부랭이들이나 하는 것이지. 손익계산을 꼼꼼히 따지는 건 우리 같은 놈들은 모른다."

"아무리 바보 멍청이라 해도 너희들이 이런 짓을 하면 강호오대세가가 가만히 있지 않을 것이라는 것 정도는 알 것 아니냐?"

"알지! 하지만 누가 강호오대세가 따위를 두려워한단 말이냐? 예전에는 그랬는지 모르지만 이젠 아니다!"

장담하며 소리치는 막거정의 얼굴엔 자신감이 철철 넘쳐흘렀다.

혼자가 아니다.

황하수로채와 녹림십팔채가 힘을 합쳤고, 이미 귀주성에 있던 흑도의 세력까지 들어와 있었다.

그 순간 배도고는 백자흔이 원하는 바를 알 것 같았다.

'백자흔은 녹림십팔채에 배수진을 치고 강호오대세가가 쳐들어오기를 바라는구나.'

공성(攻城)보다는 수성(守城)이 유리한 것이 병법…….

세가 부족한 쪽에서는 더 선호하는 병법이기도 하다.

옳은 선택이었다.

양자강을 장악해 강호오대세가의 무역선단이 다니지 못하

도록 한다면 강호오대세가로서는 백자흔을 치지 않고는 방법이 없는 일이 아닌가.

생각과 함께 그는 막거정을 보며 말했다.

"막 두령, 우리를 어쩔 셈인가?"

"화물을 모두 옮기면 배와 사람들은 무사할 것이다. 우리는 산적이지 살인마는 아니니까."

막거정이 고개를 돌려 산적들을 향해 소리쳤다.

"빨리빨리 옮겨라!"

배도고는 범선에서 내려지는 화물을 보면서 속이 타 들어가는 듯 마른 입술을 침으로 적셨다.

화북상단에서 북방과 동방을 두루 돌며 사들인 사향(麝香)이며 호피(虎皮), 인삼(人蔘) 등 값비싸고 진귀한 물목들이었다.

이렇게 빼앗겨서는 안 될 화물이었다.

그러나 도리가 없었다.

배도고는 절망을 담고 눈을 감았다. 참담한 마음에 도저히 더는 쳐다보고 있을 수 없었다.

*　　*　　*

소문은 빨랐다.

혼천귀도 백자흔이 녹림십팔채에 그의 모든 세력을 구축했으며, 그는 양자강을 통제하고 강호오대세가의 선단은 작은 세선(細船) 하나라도 통과시키지 않았다.

그로 인해 강호오대세가는 고통을 받았다.

그리고 소문은 발전되었다.

당연히 강호오대세가가 가만히 있을 리 만무한 일이었으므로 곧 강호오대세가가 전쟁을 일으켜 혼천귀도 백자흔이 장악하고 있는 녹림십팔채를 토벌할 것이라는 소문이 떠돌았다.

전쟁은 양자강을 중심으로 크게 벌어질 것이며, 이 싸움의 결과가 향후 정국의 방향을 결정지을 것이라는 것이었다.

사실을 바탕으로 전개된 소문이었으므로 사람들은 양자강에서 벌어질 싸움에 이름까지 붙였다.

大江之戰.

대강지전이었다.

＊　　　＊　　　＊

"정말 너무하십니다."

　남궁천기는 눈물까지 뚝뚝 흘리고 있었다. 그러나 그를 바라보는 무황천군 남궁역중의 눈은 한 점도 흐트러짐이 없었다.

　"억울할 것 없다."

　"어째서 억울할 것 없다는 겝니까? 소자는 형님의 그늘에 가려져 존재조차도 숨겨져야 했습니다. 세상 사람들은 아버님에게 아들이 하나밖에 없다고 알고 있습니다. 그것이 어찌 온당한 일이며, 소자에게 억울하지 않은 일이라 말씀하십니까?"

　"넌 나의 아들로 태어난 순간부터 이미 많은 것을 가졌다. 천하제일가의 장남으로 태어난 네 형과는 처음부터 격이 다른데 네 형과 비교하는 것 자체가 어불성설이다. 네 형은 제왕(帝王)의 운명을 타고 태어났으니 형과는 비교하지 말라."

　"그래서 소자가 애써 데리고 온 자미공주를 형님에게 넘기시는 겝니까? 소자가 이 나라의 부마도위가 되면 안 되는 것이옵니까?"

　"네가 되면 부마도위로 끝이지만 네 형이 되면 황제가 될 것이다. 이제 와서 그 운명을 바꿀 수는 없다."

　"그럼 소자는 마왕(魔王)일 뿐입니까? 세상 모든 사람들이 손가락질하고 혐오하는 마교십악의 주인일 뿐입니까? 다른 꿈은 꾸어서도 안 되는 것입니까? 소자는 아버님이 소자를 불러들일 때 얼마나 기뻤는지 모릅니다. 하지만 지금 그 기쁨은 원망이 되어버렸습니다. 아버님은 소자를 버리시는 것도 모자라 이용하셨습니다. 소자가 그 대가를 바라는 게 정녕 그렇게 잘못된 일입니까?"

"난 너와 네 형을 두고 오랫동안 살폈다. 너와 네 형의 나이가 두 살밖에 차이나지 않는다. 난 네가 네 형보다 더 뛰어났다면 장남이라 해도 네 형을 편애하지 않았을 것이다. 넌 경쟁에서 졌다. 그러므로 이건 네 스스로 만든 결과다. 음과 양이 만물을 공존하며 이루는 것처럼 천하를 경영하자면 양지와 음지를 모두 다스려야 한다. 마교십악은 네 할아버지께서 만드셨다. 네 작은 아버지가 마교십악을 다스렸고 마공을 익히다 주화입마되어 생식 기능의 이상으로 후사가 없으셨다. 평생을 홀로 지내다가 강호십대세가를 탄압하려는 황실에 맞서 난을 일으켰고 전쟁 끝에 돌아가셨다. 내가 널 내 아우의 양자로 보내어 마교십악을 다스리게 한 것은 나로선 당연한 조치였다. 그런 내게 넌 무엇이 잘못되었다고 말하는 거냐? 네가 내 입장에서 생각하면 너도 나와 같은 결정을 할 수밖에 없었을 것이라고 난 단정한다."

"설혹 그것이 어쩔 수 없는 결정이었다고 해도 제게는 너무 잔인한 일이었습니다."

"그래서 어쩌자는 거냐?"

“자미공주를 소자에게 주십시오.”

“불가(不可)하다.”

“아버님은 소자가 처음으로 마음을 느낀 여자를 죽였습니다. 전 그 대가를 정당하게 요구하는 것입니다.”

“난 네가 그 무지렁이 같은 계집에게 마음을 두고 있는지 몰랐다. 난 그 계집의 입을 통해 너에 관한 비밀이 세상에 알려질 것을 염려했을 뿐이다. 네가 그 계집에게 마음이 있는 줄 알았다면 그리 처결하지는 않았을 것이다.”

“그러니 자미공주를 소자에게 달라는 겁니다. 소자가 이번 일을 조용히 넘길 수 있도록 말입니다.”

“네가 지금 날 협박하는 것이냐?”

남궁역중의 얼굴이 분기로 꿈틀거렸다.

그러나 남궁천기는 결의에 찬 표정으로 조금도 물러섬이 없었다.

“소자에게 자미공주를 주지 않는다면 후회하실지도 모릅니다.”

“그런 일은 결코 없을 것이다.”

“그럼 소자 이만 물러가겠습니다.”

남궁천기가 예의를 다해 절을 올리고 자리에서 일어나 밖으로 향했다.

남궁역중은 굳어진 표정으로 남궁천기의 뒷모습을 바라보

고 있었다.

남궁천기의 모습이 완전히 사라진 후에야 그의 입이 열렸다.

"풍사(風邪)."

"예, 가주님."

풍사의 대답은 천장에서 들려왔다.

"오늘부터 저놈의 일거수일투족을 낱낱이 감시해라. 조금이라도 이상한 낌새가 있다면 즉시 내게 알려야 할 것이다."

"알겠습니다."

한줄기 바람처럼 천장에서 나온 그림자가 밖으로 날아갔다.

*　　　*　　　*

"술이라니? 무슨 소리냐?"

녹림십팔채의 산적 곽이는 수로를 찾아든 배 한 척을 잡아놓고 소리쳤다.

배가 일부러 그들을 찾아온 것만은 확실했다. 갈대밭이 무성한 이 지역 수로는 녹림십팔채의 주 활동 무대였으므로 상선은 물론이고 어선조차도 드나들지 않는 곳이었다.

술항아리를 잔뜩 실은 배에선 천정창이 산적들을 향해 호령하고 있었다.

"내가 백 대주를 만나러 왔으니 술의 이름 천일취와 내 이름 석 자를 함께 아뢰어라! 난 천정창이다!"

"네놈이 천정창이든 개정창이든 내가 알 바 아니다! 산채까지 다녀오려면 한나절은 족히 걸리는데 생면부지인 네놈의 말을 어찌 믿고 그 수고를 하란 말이냐?"

따지고 보면 산적 곽이의 말이 틀릴 건 없다. 수로에서 산채까지 얼마나 걸리는지 알 수 없지만 그의 말로 추정하건대 한나절이나 걸린다면 여간 귀찮은 일이 아니니 쉽게 그가 말을 들어줄 리 없었다.

천정창이 다시 소리쳤다.

"그렇다면 너희들이 와서 나를 묶어라! 내가 반항하지 않을 테니 나를 묶어 술과 함께 산채로 데려가면 될 것이 아니냐!"

"……."

곽이가 말을 못하고는 옆의 산적을 쳐다보았다.

옆에 있던 산적이 어렵게 입을 열었다.

"아무래도 정말 백 대주를 찾아온 분인 것 같습니다. 스스로 반항하지도 않고 묶이겠다니 백 대주의 손님이 아니라면 그 같은 짓을 할 리 없지 않겠습니까."

"그렇다면 놈을 묶어서 데려가잔 말이냐?"

“백 대주의 손님이라면 그렇게 할 수는 없는 노릇입니다. 저놈은 그냥 활보하도록 하고 배에 탄 다른 놈들만 묶어서 가는 게 어떻겠습니까?”

곽이가 고개를 다시 돌려 배에 탄 자들을 쳐다보았다. 힘세 보이는 장정 세 명과 후줄근한 노인 하나가 전부였다.

그는 수하들을 향해 바로 소리쳤다.

“묶어라!”

첨벙첨벙…….

갈대밭 속에서 이십여 명의 산적이 물을 튀기며 뛰어나와 술항아리를 실은 배로 뛰어들었다.

천정창은 조용히 바라보기만 했고 그의 일행인 장정 세 명과 노인은 아무런 반항도 하지 않고 그들의 오라를 받았다.

곽이가 배로 올라왔다.

그는 천정창을 쳐다보면서 누런 이를 징그럽게 드러내고 씨익 웃었다.

“정말 백 대주의 손님이시오?”

천정창이 고개를 끄덕였다.

“믿지 않으면 도리가 없는 일이지만 오래전에 백 대주를 가장 가까이서 모셨었소.”

곽이가 흠칫 놀라며 소리쳤다.

“그럼 귀공이 구천흑살대의 대주라도 된단 말이오?”

천정창이 애써 담담하게 웃었다. 그의 보잘것없는 이름이 어찌 구천흑살대의 아홉 대주의 명성에 비할 수 있단 말인가.

"내 이름이 천정창이라고 하지 않았소. 구천흑살대의 대주 중에 천정창이라는 이름이 어디 있단 말이오. 난 그들에 비하면 떨거지라 할 수 있을 것이오."

곽이가 버럭 노성을 질렀다.

"금방 백 대주를 가장 가까이서 모셨다고 해놓고!"

천정창이 대소하여 웃었다.

"껄껄껄! 그것은 사실이오! 나 같은 떨거지는 백 대주를 옆에서 보필하면 안 된단 말이오?"

"안 될 것까지야 없지만 백 대주를 가까이서 모셨다면 필시 범상한 놈이 아닐 거라서 묻는 게 아니냐?"

"……."

천정창은 더 이상 대꾸하지 않고 조용히 곽이를 쳐다보았다.

곽이가 허리춤에 차고 있던 작은 칼을 꺼내더니 조용히 천정창의 목에 들이댔다.

"허튼수작을 부렸다가는 네놈은 물론 네놈과 같이 온 자들도 모두 죽을 것이다."

"껄껄… 아무 짓도 하지 않을 것이니 걱정 마라."

천정창이 거들먹거리고 자신있게 웃으며 고개를 돌려 묶

여 있는 노인을 향해 공손하게 허리를 숙였다.

"안 그렇습니까, 어르신."

"……."

노인이 대답 대신 고개만 끄덕였다.

곽이는 천정창의 시선을 따라 노인을 보다가 갑자기 대경실색한 표정을 지었다.

그는 황급히 노인 앞으로 쫓아가더니 그 앞에 털썩 무릎을 꿇고 엎드렸다.

"선인 아니십니까? 소인이 선인께서 오신 줄도 모르고……."

노인은 만면에 자애로운 웃음을 지을 뿐이었다.

곽이는 주위의 수하들을 향해 소리쳤다.

"어서 선인의 결박을 풀지 않고 무엇 하느냐?"

수하들이 서둘러 노인의 결박을 풀었다.

곽이는 엎드린 채 온몸을 아예 부들부들 떨어대 보는 이가다 애처로울 지경이었다.

"소인이 선인을 몰라뵌 건 뵌 지 너무 오래된 탓도 있지만예전의 그 남루하고 지저분한 모습이 아니었기 때문입니다. 용서하여 주십시오."

노인이 곽이에게 시선을 던졌다.

"난 네놈을 모르겠는데 네놈은 어찌 나를 알아본다는 거나?"

곽이가 고개만 쳐들고 부르짖듯 외쳤다.

"소인이 어떻게 선인님을 잊겠습니까? 선인께서 소인의 엉덩이에 직접 입을 대어 종기를 빨아내셨습니다! 주먹만 한 종기가 엉덩이에 났던 어리고 못생긴 놈을 기억하십니까?"

노인이 빙그레 웃었다.

"못생겼다는 건 네놈의 주관이냐 아니면 남의 주장이냐?"

곽이가 목덜미까지 붉어져서는 머리를 긁적거렸다.

"소인 스스로도 못생긴 걸 알고 있습니다. 하지만 남들이 소인에게 그리 놀리는 건 결코 용서하지 않습니다."

"우하하하!"

노인, 마령선인이 박장대소를 터뜨렸다.

천정창이 웃고 주위의 산적들과 오라에 묶인 세 명의 장정도 덩달아 웃고 있었다.

곽이가 마령선인의 눈치를 보면서 슬며시 일어나더니 옆에 있던 산적의 엉덩이를 냅다 걷어찼다.

퍽!

"억!"

산적이 앞으로 고꾸라지며 뱃전에 나뒹굴었다.

"이놈아! 저 묶여 있는 세 분도 얼른 풀어드리지 않고 뭘 하는 거냐? 꼭 일일이 명을 내려야 알아먹는단 말이냐?"

그의 말에 다른 산적들이 황급히 장정 세 명의 묶인 오라마

저 풀었다.

＊　　　＊　　　＊

"돌아오셨군요."

공손염은 마체에서 내리는 남궁천록을 맞이하며 깊이 허리를 숙였다.

남궁천록이 멀리 바라보이는 남궁세가에 시선을 던졌다.

"떠날 때는 다시는 못 돌아올 줄 알았다. 아버님은 잘 계시느냐?"

"예."

공손염은 정중하게 대답하며 남궁천록의 뒤로 가 섰다.

남궁천록이 감회에 젖은 모습으로 천천히 바라보이는 남궁세가를 향해 걸음을 옮겼다.

하나의 세가가 아니라 큰 성도를 이룬 성을 그대로 옮겨놓은 듯한 남궁세가의 성채는 웅장하기 이를 데 없었다.

걸음을 옮기며 남궁천록은 담담하게 입을 열었다.

"천기는 어떻게 지내느냐?"

"성채에 계십니다. 워낙 조용하게 지내고 계서 달리 전할 만한 근황이 없습니다."

"아버님께서 천기를 다시 흑사평으로 보내신다는 말씀은

없느냐?"

"다시 보내시지는 않을 것 같습니다. 마교십악도 모두 이곳에 남았습니다."

"속단하지 마라. 아버님은 무서운 분이시다. 그 속내를 누가 감히 짐작이나 할 수 있단 말이냐. 떠나기 전만 해도 난 무림십악을 만든 게 남궁세가란 사실을 전혀 알지 못했다."

"……"

"그러나 이제 그 모든 사실이 세상에 알려졌으니 아버님의 선택은 하나뿐이다. 때마침 백자흔이 양자강 녹림십팔채에 적을 틀고 강호오대세가를 핍박하고 있으니 구실과 명분도 충분해 보인다."

"……"

"전쟁이다. 전쟁을 하시기 위해 날 불러들이신 게지. 그것이 아니라면 아버님은 나의 무능함을 용서하지 않으셨을 것이다. 그러니 이번 기회는 나의 못난 아우 때문이라고 봐도 좋겠지. 아우가 잘했다면 내게 기회가 주어지지는 않았을 테니까."

"깊어지셨습니다."

"깊어지기만 했겠느냐. 무거워지기도 했을 것이다. 모든 일에… 아무리 사소한 일이더라도 결코 섣불리 판단하고 움직이지 않을 것이다."

"노복이 충심을 바쳐 모시겠습니다."

공손염의 대답을 들으며 남궁천록은 성채를 바라보며 깊은 사색에 잠겼다.

한참 만에야 그는 걸음을 옮기며 힘차게 외쳤다.

"가자!"

*　　　*　　　*

"절 받으십시오."

백자흔은 말과 함께 상좌에 모신 마령선인을 향해 대례를 올렸다. 옆에 있던 이가소도 백자흔과 함께 절을 올렸다.

마령선인이 절을 마치고 앞에 무릎을 꿇고 앉은 백자흔을 무심한 눈길로 바라보며 말문을 열었다.

"네가 양자강에 세력을 집결시키고 강호오대세가의 상단을 통제한 것은 무슨 뜻이냐?"

백자흔이 고개를 들어 마령선인을 바라보았다.

"무엇을 염려하시는 겁니까?"

"네가 하는 짓은 그들을 궁지로 몰아넣었다. 그러니 그들은 이제 전쟁을 택할 것이다. 애꿎은 수많은 백성들이 전비를 충당하게 될 것이고 군역에 부려질 것이다."

"전쟁이 거의 끝날 때 전 고향에 들렀습니다. 백정이 사는 마을이니 우사가 많았던 곳입니다."

"폐허가 되었더냐? 그곳에도 마교십악을 추종하는 자들이 들이닥쳤겠지."

"그렇습니다. 부모님과 형제 중 어느 한 명도 찾을 수가 없었습니다."

"그러니 네 원수가 마교십악이고, 나아가 남궁세가란 것이냐? 좋겠구나. 그나마 명분도 철칙도 없이 휘두르던 칼이 원한이란 명분을 매달았으니 그 칼이 더욱 신나서 춤을 추겠구나."

"어르신께서 다시 주신 목숨, 어른신의 뜻에 의해 살고자 했습니다. 벌써 수하들을 독려해 전쟁을 수행하고 싶었지만 참고 또 참았습니다. 하지만 이제 더 이상은 참을 수 없게 되었습니다. 목적도 명분도 정당한데 이제 무엇을 더 참겠습니까."

그의 완고한 의지가 담긴 말에 마령선인의 눈이 이가소를 향했다.

"너도 같은 생각이냐?"

이가소가 또렷한 어조로 대답했다.

"강호오대세가를 물리치기 전에는 태평성대를 구가할 수 없습니다. 어떤 희생을 치러서라도 그들은 물리쳐야 할 역당들입니다. 작금의 폐하를 수호하려는 사람들의 생각은 같습니다."

"넌 반년 동안 저놈을 가장 가까이에서 지켜보았으면서 저놈을 감화시키기는커녕 오히려 저놈의 얼토당토않은 주장에 감화를 당하였구나. 한심한 것 같으니……."

"뭐가 얼토당토않은 주장이란 말씀입니까?"

"강호오대세가를 물리치면 힘없는 백성들이 구휼된다고 누가 그러느냐? 정말 그렇게 된다고 믿느냐?"

"인간의 탐욕이 본질이고 근원이라 악은 제거해도 또 나타나고 나타난다는 겁니까? 그러니 아무것도 하지 않고 있으라는 건가요?"

"아무것도 않고 있을 수는 없겠지. 하지만 저놈은 개인적인 원한을 스스로 정당화시키려고 하지 않느냐?"

"그건 제자도 오늘 이 자리에서 처음 듣는 얘기입니다."

"그러니 내가 저놈을 위험하다고 하는 거다. 얼마나 음험한 놈인지 난 저놈의 속을 짐작조차 알 수가 없다."

이가소가 백자흔을 힐끗 곁눈질하며 말했다.

"하지만 제자가 보기에 그는 강호의 어떤 무사들보다도 의협심이 뛰어나요. 그가 위험한 건 그의 뛰어난 무예이지 성정이 아니에요."

"확신하느냐?"

"확신해요."

"잤냐?"

마령선인이 뜬금없이 개구진 표정을 하고 물었다.

이가소의 얼굴이 빨개졌다.

대답을 듣지도 않고 마령선인의 시선이 백자흔을 향했다.

"지금에 와서 폐하에게 너의 존재는 불가결하다고 말할 수 있다. 네가 아니라면 황도는 이미 쑥대밭이 되었을 것이라는 걸 폐하께서도 잘 알고 계시다. 그러나 네가 하고자 하는 일이 황실의 존엄을 지키는 일은 아닐 것이다. 그리고 아니어야 한다. 많은 백성을 도탄으로부터 구해내는 길이 내가 널 살린 의의(醫意)와 부합될 것이다."

"명심하고 있습니다."

백자흔은 고개를 깊이 숙였다.

마령선인이 한결 누그러진 표정과 온화한 시선으로 그를 대했다.

"난 아직도 네가 두렵다. 걸레처럼 찢겨진 네 몸을 봐서는 네가 다시 살 수 있으리라곤 나도 믿지 못했다. 그러나 넌 네 의지로 다시 일어났지. 그건 사실 불가한 일이었다. 그런 강한 의지력을 바탕으로 네가 나쁜 마음이라도 먹게 된다면 그 결과는 생각하고 싶지도 않을 만큼 끔찍한 것이다. 그러니 난 지금도 내 앞에 있는 네가 두렵다."

"어르신께서 절 살린 때문입니다. 그러니 책임도 그만큼 무거우시겠죠."

"그렇다. 내가 의원이 아니었다면 난 널 살리지 않았을 것이다. 내 마음을 헤아리겠느냐?"

"예. 십분 헤아리고 있습니다."

"그래도 넌 지금까지는 아주 잘하고 있다. 난 앞으로도 그러기를 바란다."

"어르신의 뜻을 저버리는 일은 없을 겁니다."

백자흔이 대답했을 때 갑자기 문이 덜컥 소리를 내며 요란하게 열렸다.

노파가 술상을 들고 다짜고짜 안으로 들어왔다.

"이놈의 늙은이! 예전에는 말수가 적었는데 나이를 처먹더니 노망이 든 모양이네. 뭔 사설이 그리 길어!"

녹림십팔채 두령 황겸의 어머니였다.

마령선인이 반갑게 웃으며 노파를 반겼다.

"오랜만에 만나는 친구 대접 하려고 술상을 봐왔나? 어서 가져오게."

노파가 벌써 그의 앞에 들이닥쳐 술상을 바닥에 내려놓더니 엉덩이를 퍼질러 앉았다.

"애들 다 내보내! 한창 때인 애들 붙들어놓고 무슨 짓이야!"

"나가라."

마령선인이 백자흔과 이가소를 쳐다보지도 않고 손을 휘

휘 저었다.

백자흔과 이가소는 웃으며 몸을 돌렸다. 나가는 그들의 귀에 마령선인과 노파의 도란도란 정겨운 대화가 들렸다.

"어떻게 지냈어? 오다가다 한 번씩 들르지 코빼기도 안 비추고. 내가 많이 보고 싶었을 텐데. 안 그려?"

"보고 싶기는… 다 늙은 할망구 어디가 예뻐서 보고 싶어. 가끔 산나물 생각이 나기는 하더군. 자네가 음식 솜씨 하나는 좋잖아."

*　　*　　*

"볼 때마다 꾸지람만 듣죠? 그래도 불평 한마디 안 하고 참으려니 쉬운 일이 아니죠?"

밤하늘에 촘촘히 박힌 별을 바라보며 이가소는 문득 생각이라도 난 듯 백자흔에게 말을 건넸다.

백자흔의 얼굴은 편안해 보였다.

"내게 잔소리를 하는 유일한 사람이잖소. 즐거운 마음으로 감내한다오. 고깝게 받아들이려는 마음이 없는데 고깝게 들릴 까닭이 없지."

이가소가 백자흔의 팔짱을 꼈다.

"그래요. 모든 게 마음먹기 나름이죠."

그러나 금방 방해꾼이 나타났다.

황겸과 막거정이 술병을 손에 든 채 비틀거리며 나타났다.

"여기 있었냐? 우린 벌써 한잔했는데! 이 술 정말 끝내준다고!"

"대장이 빠져 있으니까 기분이 안 나잖아! 어서 가서 한잔하자고!"

이가소가 슬며시 백자흔의 잡고 있던 팔을 놓으며 속삭였다.

"가세요. 안 가면 흉볼 거예요."

"다녀오겠소."

백자흔이 몸을 돌려 황겸과 막거정을 향해 성큼성큼 걸음을 옮겼다. 그는 황겸과 막거정의 어깨에 양팔을 걸치며 그들을 몰고 갔다.

"의논할 일이 있는데 잘됐다."

"의논한 일? 여자 문제냐?"

"이렇게 술이 거나한데 의논은 무슨 놈의 의논. 그냥 술이나 처먹자."

이가소는 웃으며 그들이 사라질 때까지 바라보며 서 있었다.

모두에게 백자흔의 여자로 비춰지는 지금 이 순간이 그녀는 너무 좋았다.

그녀는 몸을 돌려 마령선인과 노파가 있는 곳으로 다시 걸음을 옮겼다. 마령선인의 수발을 들기 위함이었지만 도착한 방에는 이미 아무도 있지 않았다.

"이 밤에 어디를 가신 거야?"

중얼거리며 밖으로 나오는 마령선인의 앞에 노파가 나타났다.

"너의 지지리도 못난 사숙을 찾는 거냐?"

"예."

"그 못난 영감, 단 하루도 쉬지 못하겠는 모양이다. 마을에 환자 살피러 갔을 테니 쫓아가 봐라."

노파의 말에 이가소는 문득 의문이 생겼다.

"어머니는 어떻게 제 사숙에 대해 그렇게 잘 알고 계시는 거죠? 보지 않고도 사숙의 마음을 헤아리고 계시잖아요."

"마음이 보이는 늙은이잖아. 음흉스런 구석이라고는 눈곱만큼도 없는데 왜 몰라."

노파가 듬성듬성한 이를 드러내며 웃었다.

"한데 방금 어머니라고 했느냐? 내가 왜 네 어머니야?"

"백 대주가 그리 부르시면 소녀도 그리 부를 밖에요. 어머니 아드님과 백 대주는 친구잖아요."

"친구는 무슨 놈의 친구. 내 아들이 그놈보다 나이가 훨씬 많은데. 그놈 너무 건방져. 알지?"

이가소가 웃음을 활짝 지었다.

"알아요. 하지만 사내들은 그 건방진 놈과 친구로 사귀는 걸 정말 좋아해요. 그것도 아시죠?"

노파가 이가소의 엉덩이를 소리나게 두들겼다.

철썩.

"안다, 이년아!"

"악!"

*　　　*　　　*

환자들은 줄을 섰다.

마령선인은 환자들을 돌보는 데 여념이 없었다. 그의 이마와 콧등에 땀방울이 송골송골 맺혀 있었다.

작고 앙증맞은 손 하나가 뻗어 나와 그의 콧등에 맺힌 땀방울을 깨끗한 흰 천으로 닦아냈다.

마령선인이 흠칫 놀라며 고개를 돌렸다.

"언제 왔느냐?"

이가소였다.

그녀는 웃으며 대답했다.

"지금 막 왔습니다. 환자들이 너무 많으니 환자들을 좀 나누겠습니다."

마령선인이 흐뭇한 웃음을 머금었다.

"그래, 고맙구나."

환자들의 줄은 두 줄로 바뀌었다. 이가소와 마령선인이 나란히 앉아 환자들을 돌보는 모습이 화기애애했다.

"그놈은 잘하고 있는 거냐?"

"무엇에게 말입니까?"

"네게 말이다."

"부족함이 없습니다."

"놈을 믿느냐?"

"무엇에게서 말입니까?"

"남자로서 놈을 믿느냐고 묻는 것이다."

"그건 오히려 소녀가 사숙님께 묻고 싶은 말입니다. 남자로서 사숙님은 그를 믿습니까?"

"어째서 그걸 내게 묻는 거냐?"

"사숙님이 그와 소녀를 연분 지으셨으니 사숙님에게도 책임이 있는 때문입니다."

"내가 놈을 전적으로 믿느냐고 묻는다면 아직은 아니다라고 답하겠다."

"아직은 아니다라는 건 믿는 마음도 있다는 뜻입니까?"

"내가 그놈의 목숨을 구해주고 두 달여를 데리고 있으며 살펴봤다. 내가 살펴본 바로는 꽤나 괜찮은 놈이었다. 그러니 나의 우려는 공연한 것일지도 모른다. 하지만 놈의 위험성을 생각한다면 나의 우려는 지나치지 않다. 내가 놈을 괜찮은 놈이라고 판단하는 것에는 놈에 대한 나의 호의가 작용했을지도 모르니 난 신중할 수밖에 없다.”

“호의라니요? 사숙님께서 그에게 호의를 가질 일이 무엇이죠?”

“마교가 일으킨 혈건적이 이 땅에서 사라진 직후 난 흑도 백도의 싸움을 염려했다. 그건 마교와의 싸움보다 더 큰 전쟁이 될 게 틀림없었다. 하지만 어느 날 갑자기 백자흔이 떠남으로써 흑도는 구심점을 잃었고 백도는 명분을 잃었지. 백도의 기수 남궁천록이 끝까지 백자흔을 없애려고 한 것도 이해할 수 있는 일이었어. 자기보다 더 큰 가슴을 품고 있는 백자흔을 보았거든. 따르는 자들의 충성심만 보아도 알 수 있는 일이었지. 그러니 없애려 들 밖에.”

“……”

“그렇지만 그 모든 것들은 내가 본 것이 아니고 내가 겪은 것이 아니지. 그저 들려오는 얘기를 내 나름대로 조합한 것들이야. 그러니 살펴볼 밖에.”

“그런데 왜 아직까지도 그를 믿지 못한다는 거죠?”

“너무 위험하니까. 그런 놈이라 위험해서 그러지. 크고 넓은 가슴을 가진 놈이니까 그 위험성이 너무 커서 그러지. 하지만 이제 그 문제에 대한 답을 나도 내려야 할 것 같다.”

“어떻게요?”

“네가 대답하거라. 내가 놈을 믿어도 되겠느냐? 네가 믿으라면 난 믿을 것이다.”

“왜 소녀의 대답이 사숙님의 답이 될 수 있는 거죠?”

“난 너를 다음 대 신수궁의 궁주로 공표할 생각이다. 그만큼 너에 대한 믿음이 공고하다. 널 통해서 놈을 보고자 하는 것도 결국 너에 대한 믿음이다.”

“소녀를 믿으신다면 그분도 믿으소서.”

“호호… 그 말은 자미공주에게 그를 빼앗기지 않을 자신이 있단 말이냐?”

“이 대목에서 왜 자미공주가 나오죠?”

“자미공주가 황궁을 왜 나왔게? 바로 백자흔에게 직접 청혼을 넣으려는 거였다. 백자흔이 야심이 있는 놈이라면 뿌리치기 힘든 유혹일 게다.”

“……”

이가소는 선뜻 대답하지 못했다.

그러나 그녀는 숙고한 후 결연한 표정으로 대답했다.

“그가 자미공주를 선택할 수 있을지도 모르는 일이지만 지금 이 순간에서만큼은 소녀는 그를 믿어요. 대답이 됐나요?”

“됐다.”

마령선인은 고개를 끄덕이며 다시 환자를 보기 시작했다.

이가소가 그런 그를 보며 망설이는 표정으로 말을 붙였다.

"자미공주가 밖으로 나온 걸 폐하가 윤허했나요?"

"윤허했다."

"그럼 폐하께서도 자미공주의 배필로서 그분을 인정……."

마령선인이 고개를 돌려 이가소의 표정을 보며 고개를 끄덕였다.

"자미공주보다 폐하께서 더 원하는 일인지도 모르지."

"……."

이가소는 말문이 막혔다. 아니, 숨이 막혔다.

자미공주는 자신과는 비교도 되지 않는 지체 높은 신분이었다.

"그…그런데 사숙께서는 이곳에 왜 오신 거죠? 진정한 목적이 무엇이죠?"

"모르겠느냐? 난 네가 걱정되어서 온 것이다."

"아니오."

이가소는 고개를 흔들었다.

마령선인이 의혹한 눈빛으로 그녀를 쳐다보았다.

"아니라면 넌 내가 무엇 때문에 왔다고 생각하느냐?"

"아직은 모릅니다. 하지만 분명히 소녀 때문에 온 것은 아닙니다. 가슴에 담아두고 계시는 얘기를 풀어놓으세요."

"숨기는 건 네가 아니냐."

"그분은 사숙님을 아버지와 똑같이 모시고자 합니다. 그런 데 아버지가 어찌 아들을 사지로 보내시려고 합니까?"

"……!"

마령선인의 얼굴이 순간 굳어졌다.

그러나 그는 이내 온화한 웃음을 머금었다.

"네가 그리 얘기하는 건 이미 내가 오기 전에 놈과 얘기를 나누었단 말이로구나. 그렇다면 한결 얘기하기 쉽겠구나."

"안됩니다. 그를 보내시면 안 됩니다."

"그 말은 내가 얘기하면 놈이 갈 것이란 말이냐?"

"……."

"갈 것이라면 내가 얘기하지 않아도 갈 것이다. 그것이 내가 아는 백자흔이다."

"……."

이가소의 표정은 어두웠다. 체념의 빛이었으며, 절망의 빛이었다.

마령선인이 그녀를 바라보며 말을 이었다.

"방법은 그것뿐이다. 온 나라를 쑥대밭으로 만들 수는 없다. 이미 쑥대밭이 된 나라다. 수많은 사람들이 죽고 다칠 것이다. 차라리 한 곳에서 크게 싸움을 벌여 양단간에 결정을 보는 것이 옳다. 그들도 준비하고 있을 것이다. 이건 우리도

알고 그들도 아는 일이다. 그러니 그들은 기다리고 있을 것이
다."

"그러니 더 가면 안 되는 거잖아요. 도산검림(刀山劍林), 용
담호혈(龍潭虎穴)에 그를 밀어 넣어서는 안 되는 거잖아요. 말
리실 분은 사숙님뿐입니다."

"난 말리고자 온 것이 아니다. 독려하고 부추기고자 왔
다."

이때 그들의 뒤로부터 발자국 소리와 함께 굵은 음성이 들
려왔다.

"그래서 폐하는 어떻게 하시겠다는 겁니까?"

이가소는 놀란 표정으로 고개를 돌렸지만 마령선인은 이
미 알고 있었다는 듯 담담한 표정으로 고개를 돌려 다가온 백
자흔을 응시했다.

마령선인이 환자들의 눈치를 살피면서 말했다.

"지금은 환자를 돌보고 있으니 나중에 얘기하세."

"알겠습니다."

백자흔은 조용히 몸을 돌렸다.

이가소가 일어나 그를 쫓아가려 했지만 마령선인이 그녀
의 손목을 붙잡았다.

"아서라."

"놓으세요."

"난 종용하지 않을 것이다. 그것만큼은 네게 약속하마."

"……"

이가소가 마령선인의 얼굴을 물끄러미 바라보며 다시 자리에 주저앉았다.

그러나 그녀는 더 이상 마령선인과 말을 섞으려 하지 않았다. 침묵하며 환자를 다시 돌보는 그녀의 눈에 그렁그렁 눈물이 맺히더니 길게 볼을 타고 흘러내렸다.

대체 무슨 얘기를 나눈 것인가?

무슨 일이 일어나고 있는 것일까?

*　　　*　　　*

오랜만에 만난 부자는 술상을 마주했다.

남궁역중은 심기가 깊은 눈으로 아들 남궁천록을 바라보았다.

"돌아온 기분이 어떠냐?"

남궁천록이 술잔을 입에 대다 말고 떼며 고개를 깊이 숙였다.

"부끄럽습니다. 소자에게 자극이 되었습니다. 심려를 끼쳐드려 송구합니다. 탈태환골(奪胎換骨)하는 심정으로 복귀하겠습니다. 어디부터 시작해야 할지 알려주십시오."

"탈태환골까지 할 것 없다. 넌 여전히 남궁세가의 장손이고 남궁세가의 기둥이다. 네가 자미공주와 혼례를 치르는 것으로 내 뜻은 다 알렸다."

"소자가 자미공주와 혼례를 치른다고 황제가 굴복하겠습니까?"

"굴복시킬 것까지야 있나. 모양새 좋게 화해하자는 거지."

"황제가 그조차도 거부하면요?"

"전쟁을 벌일 밖에. 문제는 황제가 아니니까 그렇지."

"백자흔입니까?"

"놈과 놈을 추종하는 자들을 모두 없애고 나면 황제도 어쩔 수 없이 나의 요구에 응하게 될 거다."

"백자흔이 혼례식에 올지도 모르겠습니다."

"섶을 지고 불속에 뛰어들어도 유분수지, 제놈이 어떻게 이곳에 온단 말이냐? 당치 않다."

"그건 아버님께서 놈을 겪어보지 못해서 하시는 말씀입니다. 놈은 서둘러 이 혼란을 마무리 짓기 위해서 어떤 위험과 모험이라도 즐길 수 있는 놈입니다."

"이해가 되지 않는다."

"놈에겐 아무런 욕심이 없습니다. 놈은 그저 전쟁을 끝내고자 할 뿐입니다. 놈이 보는 전쟁의 핵은 남궁세가입니다. 소자와 자미공주의 혼례에는 수많은 하객들이 올 테고 구경꾼들만 해도 엄청날 겁니다. 그 틈에 섞여 남궁세가의 심장부까지 올 수 있는 기회를 놈은 결코 놓치려 하지 않을 것입니다."

"놈은 오지 않을 것이다. 난 이미 오대세가의 다른 형제들에게 군력을 모아 올 것을 당부했다. 그러니 모용세가와 강서이가(江西李家), 화천왕가(火天王家)는 모든 군사와 군력을 몰아오고 있다. 혼례가 끝나면 넌 그 선봉에 서서 백자흔이 버티고 있는 녹림십팔채로 진군할 것이다. 놈이 그래도 오겠느냐? 지금쯤 놈에게 우리의 이런 움직임이 전해졌을 텐데 고작 우리의 백의 일도 되지 않는 수인데 그들이 전부 올 수 있는 상황도 아니다. 아무리 하객과 구경꾼을 가장하여 들어온들 얼마나 이곳에 올 수 있다고 놈이 그런 모험을 강행하겠느냐?"

"그래도 놈은 올 것입니다."

"난 모든 일을 네게 맡길 것이다. 그러니 그 일에 대한 대비 또한 네가 해야 할 것이다. 하지만 애꿎은 일일 수 있으니 괜한 시간과 공을 낭비하지는 말아야 할 것이다."

"맡겨주신다니 소자가 알아서 하겠습니다."

남궁천록이 고개를 깊이 숙였다.

남궁역중은 찻잔을 천천히 입으로 가져갔다. 그의 깊은 눈이 서늘하게 잠겨 있었다.

　　　　　　*　　　　　*　　　　　*

밤이 깊었다.

술을 마시던 산적들도 대부분 곯아떨어지고 사위는 적막
했다.

한밤중에 마령선인이 이가소와 함께 백자흔을 찾아왔다.
백자흔은 자고 있지 않았고 뜻밖에 천정창과 함께 있었다.

상좌로 모셔진 마령선인이 가부좌를 틀고 앉자 백자흔은
그 앞에 조용히 무릎을 꿇고 앉았다. 백자흔이 무릎을 꿇고
앉았으므로 이가소와 천정창도 나란히 무릎을 꿇었다.

마령선인이 백자흔을 뚫어지게 쳐다보며 말문을 열었다.

"진정 남궁세가로 갈 생각이냐?"

백자흔이 고개를 끄덕였다.

"몇 날 며칠을 고민했습니다. 그리고 제장(諸將)들과 얘기
를 이미 끝냈습니다."

"그들도 흔쾌하게 동의를 했다는 거냐?"

"예. 기꺼이 목숨을 내놓겠다고 했습니다."

"목숨은 지키라고 있는 거지, 남에게 내놓으라고 있는 게
아니다. 살길부터 생각해야 할 놈들이 왜 죽을 것부터 생각
해. 그래, 그만큼 이번 수행이 위험한 일인 것이겠지. 그 점에

대해 모두가 공감하고 있을 테고."

"모두가 생필즉사(必生卽死) 사필즉생(必死卽生)의 심경입니다."

"계획은 세웠느냐?"

"이제부터 준비하려고 합니다. 천정창의 말을 들으니 어르신께서 세워놓은 계획이 있으시다고……."

마령선인이 힐긋 천정창을 보았다.

천전창이 고개를 떨구었다.

마령선인이 말했다.

"내가 세운 계획이 아니라 천정창이 세운 계획이다. 물론 계획만 세웠지 네가 남궁세가에 가고 안 가고는 우리가 결정할 사안이 아니었다. 하지만 사람의 머리가 생각하는 게 같아 너도 그리 생각했다니 이제 더 무엇을 주저하고 망설이겠느냐."

"말씀하십시오."

"우리의 생각이 서로 맞았듯 남궁세가 쪽에서도 네가 올 것을 사전에 대비하고 있으리라 여겨진다. 그러니 변장을 철저하게 하여 놈들이 알아채지 못하게 해야 할 것이고 무엇보다 혼례식이 치러지는 남궁세가의 중심부에 무사히 들어갈 수 있어야 할 것이다."

"제 고민이 그것에 있습니다. 들어갈 수 있는 방법이 있겠습니까?"

"그것은 천정창이 준비했다."

마령선인이 천정창에게 시선을 던졌다.

"네가 말해라."

"예."

천정창이 고개 숙여 대답한 후 말을 시작했다.

"제가 감히 백 대주의 입장이 되어서 강호오대세가와 맞설 전략을 구상해 보았습니다. 아무리 정황을 살피고 살펴도 현 정세에서 전쟁은 불가하다는 것이 제 견해입니다. 그들은 막대한 군비와 병력을 가지고 있고 폐하가 즉위하기 무섭게 전국에서 말과 수레, 양곡을 사들였습니다. 황실과 강호오대세가의 전쟁이 벌어지면 전쟁은 최소 수년이 갈 것이고 버틸 수 없는 쪽은 황실입니다. 그러니 저들을 붕괴시키기 위한 묘책이 강구되어야 한다고 생각했습니다. 자미공주님이 납치를 당했고, 그들은 남궁천록과의 혼례를 공표했습니다. 폐하를 압박했지만 폐하의 뜻은 확고하십니다. 그런데 불현듯 그 혼례가 놈들에게 치명적인 결과를 줄 수도 있다는 걸 깨달았습니다. 이것까지는 지금까지 백 대주께서 얘기하고 논의한 것들입니다."

"……."

"……."

백자흔과 이가소의 눈은 불꽃과 같이 빛났다.

천정창이 다시 말을 이었다.

"문제는 놈들의 심장부까지 어떻게 들어가느냐 하는 것입니다. 이쯤 되면 조력자가 필요하다는 것은 모두가 공감할 것입니다. 제가 찾아낸 건 우리를 도와줄 조력자입니다."

"그게 누구냐?"

묻는 백자흔의 얼굴에 갈증과 기대의 표정이 역력했다.

"백 대주께서도 아는 분입니다."

"내가 아는 사람? 난 강호오대세가의 사람과는 친분이 없는데."

"백 대주께서는 번룡상단의 행수 어문기님을 기억하고 계십니까?"

"장평에서 보았던 산동성에 적을 두었다는 상단의 행수지."

"맞습니다."

"그런데 그가 우리를 왜 도와주겠다는 것이며, 어찌 도와줄 수 있다는 거냐?"

"자금성의 일을 보고 있는데 제가 그곳에 있는 걸 어찌 아시고 어 행수께서 찾아오셨습니다. 반갑기도 하여 술을 마시던 차 많은 것을 알게 되었습니다. 어 행수께서는 장평에서 많은 말을 사 가지고 들어가 상단을 크게 번성시켰습니다. 산동성에서는 이제 모용세가의 다음가는 큰 상단이 되었다고 크게 장담하며 호언하였습니다. 그 후 알아보니 그 같은 어 행수의 호언이 과장된 게 아니었습니다. 그리고 제가 어 행수의 번룡상단이 고려와 거래할 수 있도록 길을 열어주었습니다. 모용세가는 백 대주의 길을 막느라 큰 희생을 치른 후유증으로 가세가 크게 기울어진 모양입니다. 하여 번룡상단은 이번 자미공주님과 남궁천록의 혼례식에 하객으로 초청되었고, 이는 강호오대세가를 위해 군자금을 바치는 자리가 될 것이라는 게 어 행수의 말씀이었습니다."

"상단들이 군자금을 바친다고?"

마령선인이 느닷없이 들어서며 물었다.

천정창이 고개를 끄덕였다.

"그렇습니다. 강호오대세가, 아니, 남궁세가는 상단들의 이익을 대변하기 위해 전쟁을 수행할 것이며, 이를 위해 군역을 각출하고 있습니다. 상당한 군자금과 호위무사들을 전쟁을 수행하기 위해 바친다고 합니다. 물론 이에 동참하지 않는 상단에게는 불이익이 가해질 것이 자명하니 군소상단들은 울며 겨자 먹기로 따를 수밖에 없습니다."

"그러니 번룡상단이 규모를 갖추어서 가는 그 행렬에 백자흔이 끼어서 들어가면 될 것이다?"

"바로 그것입니다."

“어문기라는 자가 네 뜻을 받아들였느냐?”

“아주 흔쾌하게 받아들였습니다. 원래는 군자금을 바치는 것조차 결정하지 못하고 있었는데 백 대주를 돕는 일이라면 마다하지 않겠다는 것입니다.”

“그래서 어디까지 얘기가 된 거냐?”

“어 행수께서 산동성 상단을 떠나면 양자강 하구의 양림포(梁林浦)를 거쳐서 남궁세가로 가실 겁니다. 배에 선적된 화물을 내리고 육로를 통할 수레를 구해 짐을 새로 부리자면 양림포에서 이삼 일 묵게 될 것이라 합니다. 그곳에서 어 행수의 호위무사들과 짐꾼 등을 우리 사람으로 교체하기로 했습니다.”

“그렇게 얼마나 바꿀 수 있겠느냐?”

“인원은 대략 팔십여 명이라고 합니다. 많아도 백을 넘어서는 안 될 것입니다.”

천정창의 대답이 끝나자 마령선인이 바로 고개를 돌려 백자흔을 쳐다보았다.

백자흔이 고개를 끄덕였다.

“성문을 열기 위한 수로는 충분합니다. 나머지는 남궁세가의 밖에서 대기하고 있다가 성문을 열면 진격하게 될 겁니다.”

이가소가 불쑥 나섰다.

“백 명도 안 되는 숫자로 성문을 열 수는 없어요. 모두 죽을 거예요.”

백자흔이 담담하게 미소졌다.

“충분하오, 염려하지 마시오.”

그의 시선이 다시 마령선인을 향했다.

“다른 사람들이 남궁세가에 이르는 것은 크게 문제가 되지 않을 겁니다. 모두 변복을 하고 적당한 역용을 하여 들어갈 겁니다.”

“좋아. 그럼 결행 날짜를 어떻게 잡겠나?”

“혼례식 바로 전날 인시(寅時)가 좋겠습니다.”

“폐하께 그리 전할 것이네.”

마령선인은 말과 함께 자리를 털고 일어났다.

백자흔이 두 눈을 동그랗게 뜨고 그를 올려다보았다.

“가시는 겁니까?”

“볼일 다 봤으면 가야지. 국가의 중대한 일을 앞두고 한가하게 있을 수 있나.”

백자흔이 자리에서 일어나더니 큰절을 넙죽 올렸다.

“절이나 받고 가십시오.”

그를 바라보는 마령선인의 눈에 눈물이 고였다.

“반드시 살아오너라. 꼭 그래야 한다.”

백자흔은 고개도 들지 못했다.

“예. 살아서 돌아와 어르신을 아버님으로 모시겠습니다. 좋은 아들이 되겠다고 약속하겠습니다.”

기어코…….

마령선인의 눈에서 눈물이 길게 볼을 타고 흘러내렸다.

이때 갑자기 천정창이 백자흔을 향해 털썩 무릎을 꿇으며 엎드렸다.

“가지 마십시오! 백 대주께서 꼭 그리해야 하는 일은 아닙니다! 계획을 세웠지만 백 대주 때문에 마음이 편치 않았습니다! 그들이 전쟁을 일으키면 그때 가서 싸워주면 될 것입니다! 가지 않으시겠다면 누구도 백 대주의 등을 떠밀지는 않습니다! 폐하께서도 그 점은 분명히 하셨습니다!”

울고 있었다.

천정창의 눈에서 흘러내린 눈물이 콧물과 섞여 얼굴에 뒤범벅이었다.

“소인을 대주께서 살펴주셔서서 이렇게 잘 먹고 잘살고 있는 천정창입니다! 그런데 소인이 어찌 사지로 백 대주님을 몰아넣을 수 있겠습니까! 천부당만부당한 일입니다. 가지 마십시오! 가시면 안 됩니다!”

백자흔이 깊고 서늘한 눈으로 천정창을 쳐다보았다. 그의 눈엔 그 어떤 감정도 담겨 있지 않았다.

“얘기 다 듣지 않았나. 내가 스스로 결정한 일에 자네의 계획이 보태졌을 뿐이네. 그러니 이 모든 건 내가 계획하고 자네가 좀 도운 것이라 치세."

말과 함께 그는 자리에서 일어섰다.

"가시죠. 선착장까지 모시겠습니다."

이가소가 그를 앞장서 걸으며 마령선인의 팔을 잡았다.

"선착장까지 제자가 모시겠습니다. 시커먼 사내보다는 그래도 제자가 모시는 게 낫지 않겠어요."

마령선인이 파안대소했다.

"그럼, 그럼! 그렇고말고! 푸하하하!"

＊　　　＊　　　＊

별이 금방이라도 쏟아져 내릴 것만 같은 맑은 밤하늘이었다.

선착장으로 가는 길을 따라 마령선인과 이가소가 앞에서 걷고 그 뒤를 천정창과 따라온 짐꾼들이 십여 걸음을 사이 두고 쫓아갔다.

달빛에 멀리 선착장이 보였다.

마령선인과 천정창을 태우고 온 배가 물살에 흔들리며 정박되어 있었지만 지키는 사람은 아무도 없었다.

선착장에 이르러 마령선인이 걸음을 멈추며 몸을 돌려세

웠다.

"미안하구나. 정말 미안하다."

이가소의 눈에 눈물이 그렁그렁했다.

"건강하게 지내셔야 해요."

"날 원망하지 말거라."

"사숙님을 원망하지 않아요. 백 대주가 쌓은 전생의 업보일 거예요. 전생에 대체 뭘 어떻게 하면서 살았기에……."

이가소는 말을 끝내지 못하고 터져 나오려는 울음을 손으로 황급히 막았다. 하지만 곧 울음을 진정시키고 그녀는 말을 이었다.

"사숙님도 아시잖아요. 그 사람 몸에 난 수많은 상처들… 사람의 몸이 아니에요. 어디 하나 성한 데가 없어요. 난 그 상처들을 어루만지는 것도 힘든데… 그는 또 자신의 몸에 그렇게 상처를 내지 못해서 안달이에요. 내가 어떡하면 좋겠어요? 난 정말 아무것도 할 수 없는 건가요?"

마령선인이 그녀의 어깨를 당겨 가슴에 안았다.

"걱정 마라. 목숨이 고래심줄보다 질긴 놈이다. 이번에도 잘 버텨낼 거다."

"……."

이가소는 마령선인의 품속에서 가늘게 흐느꼈다.

마령선인이 밤하늘을 올려다보며 말을 이었다.

"놈의 몸에 만들어놓은 절맥은 저절로 없어질 거다. 병을 낫게 만드는 의원이 어찌 병을 만들어 넣겠느냐. 그러니 그것도 걱정하지 않아도 된다."

"그건 이미 제자가 한걸요."

이가소가 눈물이 뒤범벅된 얼굴을 들어 하얗게 웃으며 말했다.

마령선인이 웃음을 지었다.

"내 아우가 제자 하나는 제대로 가르쳤구나. 너의 의술이 머지않아 나를 넘겠다."

이가소가 조용히 마령선인에게서 떨어졌다.

"가세요."

그런 그녀에게 천정창이 다가와 낡은 두루마리 양피지 하나를 건넸다.

"남궁세가의 성채 설계도입니다. 백 대주에게 전하면 도움이 될 겁니다."

이가소가 두루마리를 받으며 의혹에 찬 눈빛을 천정창에게 던졌다.

"왜 직접 전하시지 않고?"

천정창이 빙그레 웃었다.

"깜박했습니다. 하마터면 큰일 날 뻔하지 않았습니까."

마령선인이 몸을 돌렸다.

"큰일 날 것까지야… 하늘의 뜻이 있으니 깜박하지 않은
것일 게다. 하늘이 천자(天子)의 손을 들어주는 게지."

천정창이 바싹 뒤에 붙어 따라갔다.

"모든 게 하늘의 뜻이라면 하늘은 왜 처음부터 선한 사람
에게 풍요를 약속하지 않는 걸까요?"

"어리석은 인간이 처음부터 풍요로우면 풍요로운 게 뭔지
모르니까 그렇지. 선(善)이 가치가 빛나는 건 악(惡)이 존재하
기 때문이 아니냐."

배에 오르는 마령선인의 모습에 달빛이 교교하게 내려앉
았다.

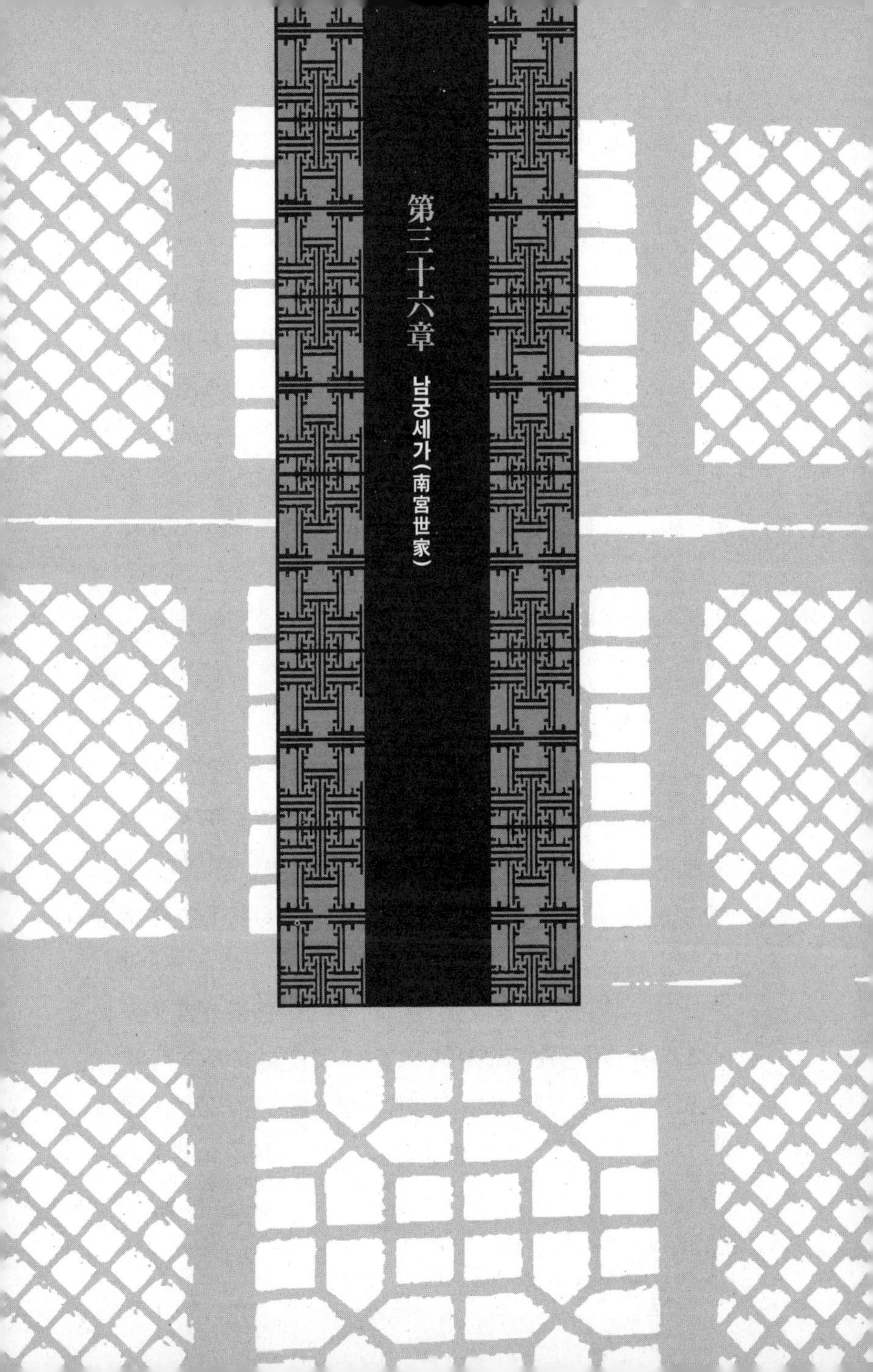

第三十六章　남궁세가(南宮世家)

黑道戰士

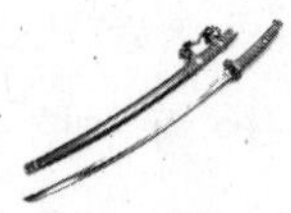

남궁세가의 성채는 강소성(江蘇省) 금릉(金陵)의 북쪽 백여 리 떨어진 넓은 평야 한복판에 자리하고 있었다.

성채의 앞에는 강이 흐르고 뒤로는 산이 버티고 있으니 배산임수(背山臨水)의 명당 자리임을 누가 봐도 알 수 있게 했다.

성채의 앞 강물 위에는 강의 맞은편을 잇는 교각이 우뚝 세워져 있으니 이 천각교(天脚橋)를 통해야만 성채로 들어갈 수 있다. 천각교는 개폐(開閉)가 가능하여 유사시에는 들어 올려 성문 앞을 막아 성문을 지키는 또 하나의 성문처럼 쓰여질 수 있게 만들어졌다.

성에서 다리를 건너면 그곳은 양자강 하류의 도하지(渡河地) 구실을 담당하는 하항(河港)으로, 수륙 교통의 중심이었다.

비교적 큰 마을이 있었으며 마을 뒤로는 거대한 평야가 펼쳐진 광경이었다.

평야는 강의 범람으로 만들어진 천혜의 옥토로 잘 만들어진 농지가 대부분이었지만 혼례식을 십여 일 앞둔 지금 그곳에는 자라던 모를 누르고 수를 헤아릴 수도 없이 많은 대형 천막들이 세워져 있었다.

이미 한 달 전부터 혼례식을 구경하기 위해 온 사람들이 진을 치고 있었으며, 그들을 맞이하여 음식을 장만하는 남궁세가의 식솔들이 또한 분주하게 움직이고 있었다.

희대의 크고 성대한 혼례식을 구경하기 위한 인파는 오늘도 계속되었다.

하구의 배에서 내리는 사람들과 육로를 통해 밀려드는 인파가 꾸역꾸역 몰려와 인산인해를 이루었으며, 그 수는 짐작하기조차 불가능했다.

갑자기 사람들이 웅성거리기 시작했다. 마을로 들어오는 넓고 큰 관도에 수많은 인마가 나타난 것이었다. 무장한 병사를 태운 전마(戰馬) 수천이었다.

전마들은 머리에 쇠로 만든 투구를 썼으며 투구의 위에는 독각수(獨角獸) 같은 뿔이 붙어 있었다.

그런 수천의 전투 호위들이 에워싸고 있는 한 대의 팔두마차는 사람들의 시선을 잡아끌었다.

마차의 양옆으로는 붉은 깃발을 든 기마들이 화려하게 따라갔다.

삽시간에 모여든 구경꾼들이 떠들어댔다.

"강서이가(江西李家)의 가주께서 직접 오는 모양인데."

"왜 아니겠나. 남궁세가의 장손이 혼례를 치르는데 제아무리 강서이가의 가주라 해도 직접 올 수밖에."

"그런데 호위하는 병사들이 족히 오천은 되겠는걸. 이곳에서 바로 강호오대세가의 군대가 출전한다는 소문이 사실인 모양일세."

"강서이가가 한동안 두문불출 조용히 지냈지만 그들이 지닌 힘은 결코 무시할 수 없어."

"누가 강호오대세가를 무시한다는 건가. 남궁세가와 비교하면 그렇지만 강서이가도 일천 년 전통을 자랑하는 명문호족일세."

그때쯤 남궁세가의 성채에서는 성문이 열리며 일단의 말을 탄 무리들이 강서이가의 가주를 마중 나오고 있었다. 그 앞에 선 것은 남궁천록이었다. 남궁천록의 옆에는 공손염이 보였다.

남궁천록의 무리들이 다가오자 강서이가의 행렬은 조용히 행진을 멈추었다.

남궁천록과 공손염이 말에서 내리고 그를 따라온 무사들은 구경꾼들을 경계했다.

남궁천록이 마차를 향해 정중하게 포권했다.

"대강서이가의 가주님께서 소생의 혼례를 찾아주서서 무한한 영광입니다."

"껄껄……."

마차의 휘장이 젖혀지면서 강서이가의 가주 이숭원이 얼굴을 드러냈다.

"우리가 본 게 십 년도 넘었지 아마?"

남궁천록이 고개를 들며 밝게 웃었다.

"그렇습니다. 제가 열다섯 때에 제 아버님의 생신에 참석하셨을 때 뵈었으니 십 년이 훌쩍 넘었습니다."

"들어가세. 여긴 사람이 너무 많군."

"모시겠습니다."

남궁천록이 몸을 돌려 다시 말에 올라타고 성채로 향했다. 그 뒤를 마차와 마차를 호위하는 오천 군사가 그대로 따라서 성으로 들어갔다.

그 위용에 구경꾼들은 입을 다물지 못하고 감탄할 뿐이

었다.

"하하하하!"

남궁역중이 파안대소를 터뜨리며 이숭원을 바라보았다.

"염려라니요? 대강서이가의 가주님께서 무엇을 염려하셨단 말씀입니까?"

이숭원의 얼굴은 술 때문인지 붉게 상기되어 있었다.

"삽시간에 구경꾼들이 몰려드는데 내가 데리고 온 군사들보다 숫자가 더 많으니 긴장이 되었습니다. 이미 백자흔이 이곳으로 온다는 정보를 얻었고, 구파일방의 제자들 또한 백자흔의 싸움을 돕기 위해 떠난 것으로 알고 있습니다. 구경꾼들 중에 우리의 적이 도사리고 있으리라는 것은 이제 누구나 다 아는 사실이 아닙니까? 그 와중에 남궁대주가 버젓이 날 마중 나왔으니 나보다 남궁대주를 표적으로 적들이 움직이지 않을까 염려되었죠. 정말 간담이 서늘했답니다."

남궁역중이 또다시 큰 웃음을 터뜨렸다.

"하하하… 평생 무예를 접하지 않은 이 가주께서 얼마나 간담을 조렸을지 십분 이해가 갑니다."

"내가 무예를 배우지 않았다고 두려워하겠습니까. 무예에 뛰어난 호위무사를 오천이나 거느리고 왔는데. 두려운 건 백자흔이었죠. 천하에서 가장 뛰어난 고수라는 남궁가주님의 아드님마저 넘어선 자가 아닙니까?"

"……."

남궁역중의 얼굴이 순간 굳어졌다. 되로 주고 말로 받은 격이었다.

그러나 그의 얼굴 표정은 금방 온화한 빛을 되찾았다. 굳이 따지자면 강호의 사태에 대해 자신과는 상관없는 일인 양 모든 것을 남궁세가에게 떠맡기고 두문불출해 온 이숭원에게 품은 불만을 은근히 비꼬았던 그 자신이 먼저였다.

"백자흔이 이곳에 온들 놈이 원하는 것을 구할 수 있겠습니까?"

"어쨌든 온다는 것은 사실입니다. 우리 모두 힘을 합쳐 상대해야 합니다. 이번만큼은 기필코 놈의 목숨을 거두어야 합니다."

"정말 배포 하나는 대단한 놈입니다. 여기가 어디라고 감히……."

"놈이 온다면 성문을 열어 밖에 있는 자들을 들여보내고자 할 테고, 성문을 열자면 성안으로 잠입을 시도하려 할 것입니다."

"놈은 성안으로 초대되지 않았습니다. 허락된 자 외에는 누구도 들어올 수 없습니다. 강호오대세가의 군사들을 빼면 초청된 하객을 일일이 살피는 것은 문제가 되지 않습니다."

"지나친 자만은 금물입니다. 다시 한 번 주의를 환기시키고 조심하는 게 좋을 것 같습니다."

"껄껄… 잘 알겠습니다."

이때 공손염이 안으로 들어섰다. 남궁역중의 시선이 닿자 그는 허리를 깊게 숙이며 바로 입을 열었다.

"산동성 번룡상단의 어 행수가 성 앞에 도착했습니다. 어찌하며 좋겠습니까?"

남궁역중이 이숭원을 힐끗 보며 말했다.

"번룡상단의 어 행수는 내가 직접 초대했다. 불편해하겠지만 그 수행원들을 면밀히 살피고 통과시키도록 해라."

"알겠습니다."

공손염이 대답과 함께 바로 몸을 돌렸다.

이숭원의 시선이 남궁역중을 향했다.

"번룡상단을 키우는 것은 모용세가에 누가 되지 않겠습니까? 듣자니 산동성에서는 명망이 자자하다던데……."

남궁역중이 수염을 쓰다듬었다.

"고인 물은 썩게 마련입니다. 사실 강호오대세가의 오늘은 말이 오대세가지 남궁세가와 강서이가, 화천왕가 이 세 세가가 꾸려온 것입니다. 귀주목가는 스스로 사라져 버렸고, 모용세가는 존재감이 크게 느껴지지 않습니다. 그 둘이야 언제든 자리바꿈을 할 수 있는 게 아니겠습니까."

이숭원이 크게 웃음을 터뜨렸다.

"하하하… 그야 물론입니다. 번룡상단에서 이번 전쟁을 수행하는 데 큰 몫을 하고자 하는 마음만 있다면 강호오대세가의 한 자리가 바뀐들 사실 크게 상관없는 일입니다."

남궁역중의 입꼬리에 가는 웃음이 피어났다.

"그를 모르지 않는 어 행수이니 이 가주님에게도 큰 선물을 가지고 왔을 겁니다."

"그럴까요?"

이숭원이 반문하고 있었지만 그의 얼굴에 활짝 핀 웃음은 가시지를 않았다.

*　　　*　　　*

성 앞에 있는 마을은 물론 그 앞 평야까지 워낙 많은 사람들이 몰려들어 사람을 찾는 일은 쉬운 일이 아니었다.

그러나 소소에겐 그렇게 어려운 일이 아니기도 했다. 그녀는 이런 일을 대비해 손을 써둔 때문이었다.

목곽은 밥을 먹다 말고 갑자기 나타난 소소를 놀란 눈으로 쳐다보고 있었다.

"어떻게 내가 여기 있는 걸 알았지?"

사실 천근벽해 목곽은 신분이나 얼굴이 워낙 알려져 있어 남궁세가의 성채까지는 가지 못하고 근처 가까운 마을의 한 폐가를 빌려 은밀히 숨어 있는 중이었다. 그러니 그가 하는 식사라는 것도 고작 주먹밥을 먹는 것에 지나지 않았다.

소소는 서늘한 시선으로 목곽을 보며 낭랑하게 대답했다.

"천리향 때문이죠."

목곽이 흠칫 놀란 표정을 지었다.

"천리향이라니?"

"추적을 수월하기 위해 뿌리는 냄새입니다. 시전자만 맡을 수 있는 냄새로 천 리 밖으로 벗어나지 않는 한 벗어날 수 없다고 해서 천리향입니다."

"내 몸에 천리향을 뿌려놓았단 말인가? 백자흔이 시킨 짓이냐?"

소소가 방긋 웃었다.

"백 대주님과 목 대협, 이가소 언니 등 소녀가 지켜야 할 분들의 신변에 문제가 생길 것을 대비한 조치입니다. 넓은 마음으로 혜량하여 주십시오."

목곽은 그러나 굳은 표정을 풀지 않고 불편한 심기를 그대로 드러내며 무뚝뚝하게 말했다.

"나를 찾은 이유는?"

"백 대주께서 무사히 성안으로 잠입하였습니다. 백 대주께서 소식을 목 대협에게 전하라 이르셨습니다."

"내가 없이도 이렇게 중요한 일을 결정한 놈이 왜 나를 찾는 거냐? 또 다른 말도 있었겠지."

"그렇습니다."

"뭐냐?"

소소는 잔뜩 부어오른 목곽의 모습에 터져 나오려는 웃음을 억지로 참으며 대답했다.

"백 대주께서는 목 대협께서 군사를 지휘하는 일을 맡아주시길 바라십니다. 백 대주께서 성문을 열어젖히면 곧장 진군할 수 있도록 말입니다."

목곽이 고개를 갸우뚱거렸다.

"모든 건 이미 계획되어 있는 일이다. 그 일에 굳이 내가 필요한 게 무엇이더란 말이냐?"

"지금 이곳에 와 있는 건 녹림십팔채에 모인 군웅들만이 아닙니다. 구파일방의 제자들까지 백 대주의 일을 성사시키기 위해 모여들었습니다. 이 양측은 사실 대립 관계나 마찬가지여서 쉽게 융화할 수 없는 단점이 있습니다. 그러니 이 두 세력을 중재하여 하나의 힘으로 모으는 데는 목 대협만 한 분이 없으시다는 게 백 대주님의 견해이십니다."

그렇다.

녹림십팔채에 모인 자들은 결국 녹림과 흑도이다. 이들은 명문정파를 자처하는 구파일방과는 오랫동안 대립해 온 앙숙이 아닌가.

천근벽해 목곽은 백자혼과 함께 녹림과 흑도의 인물들로부터 인정을 받았으며 구파일방의 제자들에게도 상당한 명망을 얻고 있으니 이 두 세력을 하나로 모으는 구심점으로 그만큼 좋은 조건을 갖춘 자는 없다고 봐도 무방했다.

목곽이 수긍하는듯 고개를 끄덕였다.

"지금이야 전술이 무엇보다 중요한 때이니까……."

말꼬리를 흐리던 그가 소소를 쳐다보며 뜬금없이 물었다.

"그런데 넌 내 말을 백자혼에게 전할 수 있겠느냐?"

소소가 대답했다.

"나고 자라면서 배운 게 담장을 넘은 일이었습니다. 살행을 하는 데 가장 기초가 되는 일이었으니 제아무리 남궁세가라 한들 쥐도 새도 모르게 넘나드는 건 소녀에게 아무런 문제가 되지 않습니다."

"그러면 가서 내 말을 전해. 모용혜의 털끝 하나라도 다치면 내가 가만두지 않을 거라고. 어떤 일이 있어도 그녀의 신변에 이상이 생기면 난 그녀의 문제를 백가에게 물을 테니까."

소소가 두 눈을 끔벅였다.

"어떤 일이 생겨도라는 건… 상황을 너무 왜곡하시는 것 아닙니까?"

그녀의 말에 목곽이 소리를 벼락처럼 질렀다.

"그러니 네가 백가 놈의 허락을 구하여 모용혜를 좀 지키란 말이야! 부탁하는 것도 못 알아듣겠어!"

"모용혜를 만나 무슨 일이 있었나요? 그녀의 신변이 위험해지기라도……."

목곽의 고함은 이어졌다.

"모용혜가 나를 만난 건 남궁천록이 알고 있을 거 아니야! 나 모용혜와 자고 왔다고! 잤다고!"

소소가 고개를 끄덕이며 배시시 웃었다.

"사랑을 이루셨군요. 축하드립니다."

목곽이 겸연쩍게 웃었다.

"그런데 싸움이잖아. 그녀가 와 있는 곳에서 내 친구가 전쟁을 벌인다잖아. 걱정되겠어? 안 되겠어? 그녀의 손에 친구가 죽는 것도 안 되고 친구의 손에 그녀가 죽는 것도 안 되잖아. 그러니 알려달다는 거야. 비극이 일어나는 건 피해야지."

"잘 알겠습니다."

소소는 진심이 담긴 눈빛을 보내며 대답했다.

목곽이 만면에 흡족한 웃음을 지었다.

"부끄러워서 말이 빙빙 돌아간 거야. 내 맘 알지?"

"알았습니다. 곧 백 대주를 만나 목 대협의 말씀을 전하겠습니다. 아마도… 모용혜 소저에 대한 우려는 하지 않으셔도 될 겁니다. 친구를 굉장히 소중하게 여기시는 분이니까요."

"그래. 그건 나도 알고 있어."

"그런데 모용혜 소저는 어느 편을 들기로……?"

소소의 물음에 목곽이 난감한 표정을 지었다.

"그… 그게 말이야… 다그칠 수가 없었어. 그녀의 입장이라는 게 있어서. 내가 말했잖아. 그녀와 친구가 싸우는 게 내가 제일 우려하는 일이고… 비극이 일어날지도 모른다고……."

"알아들었습니다."

소소는 웃으며 말했다.

모용혜가 백자흔의 편에 서리라는 것은 애당초 기대한 일이 아니었다.

"그럼."

소소는 허리 굽혀 인사를 하고는 몸을 돌렸다. 몸을 돌린 순간 그녀의 신형은 벌써 밖으로 날아가고 있었다.

"휴우……."

목곽이 그제야 숨을 크게 내쉬며 이마에 난 진땀을 손등으로 훔쳤다.

그러며 혼잣말을 나직이 중얼거렸다.

"모용혜의 결정은 가문 전체를 위한 것이어야 해. 왜냐하면 그녀에게는 수만 명의 식솔이 딸린 문제이니까. 그건 내가 누구보다 잘 안다고. 한때 나도 그녀와 같은 입장이었으니까.

그러니 내가 그녀를 다그칠 수는 없는 거 아니겠어. 친구도 나의 이런 점은 이해해야 한다고. 정말……."

*　　　*　　　*

소문은 누구나 알고 있었다. 그리고 그것이 곧 일어날 일이라는 사실도 잘 알고 있었다.

군사들의 움직임이 여기저기서 포착되었다. 남궁세가의 성채에 들어앉은 군사의 수는 이미 십만을 육박하고 있었다.

강호오대세가의 주력부대가 모두 남궁세가의 성채에 들어앉았고, 본래 남궁세가가 키운 사병의 수가 워낙 많았다.

그러나 그에 못지않게 성 밖에 모인 군중들의 수도 혼례가 임박하면서 급증했다. 족히 수십만은 될 것 같은 구경꾼들이 천하각지에서 몰려든 것이었다.

그 안에 황제를 지지하는 세력이 도사리고 있다는 걸 알았지만 강호오대세가로서는 그들을 함부로 공격할 수 없었다. 애꿎은 백성들을 도륙했다는 소문이 나기라도 하면 가뜩이나 안 좋은 민심에 불을 끼얹게 될 것이라는 걸 그들도 잘 아는 때문이었다.

그러나 공격하는 자들에 대해서는 충분한 준비를 하고 있는 게 강호오대세가였다.

혼례를 하루 앞둔 저녁에 이르자 남궁세가는 그야말로 폭풍전야(暴風前夜)와도 같은 긴장에 빠져들었다.

성곽 위에서 성 밖의 상황을 바라보며 서 있는 두 사람의 모습은 얼른 보아도 신분이 범상치 않다는 것을 알 수 있을 만큼 특별해 보였다.

남궁천록과 남궁천기는 나란히 서서 성 밖의 상황을 주시하고 있었다.

"오늘 밤밖에 없어. 백자흔은 분명 오늘 밤 성문을 열려고 하겠지."

남궁천기가 고개를 갸우뚱거렸다.

"모두가 다 예상하는 때에 말입니까? 다른 뭔가가 있는 것은 아니구요?"

"다른 뭔가가 있을 게 뭐 있어. 놈은 자미공주를 구하기 위해서라도 오늘 밤 결행할 게 분명해."

"그렇다면 놈은 이미 성안에 들어와 있을 겁니다. 이토록 철통같은 경계를 밖에서 뚫고 올 수는 없을 테니까요."

"나도 그럴 것이라고 생각한다. 놈은 안에 들어와 있다."

"놈을 찾아낼 수 있는 방법이 없을까요?"

"지금까지 찾아도 못 찾아낸 놈을 어떻게 찾아."

“안에 들어온 놈의 패거리가 얼마나 될까요?”

“많지는 않겠지. 많아봐야 수백 명이 고작일 테고. 우리가 놈의 존재를 아직 파악하지 못한 건 놈이 소수 병력으로 잠입했기 때문이다.”

“놈이 택할 전략까지 알 수 있습니까?”

“화공으로 시작하겠지. 불을 지를 거야. 내부 혼란을 부추겨 놓고 성문을 열려고 하겠지. 그러니 불이 나면 놈이 움직인 거라고 보면 돼.”

“그렇군요.”

남궁천기는 고개를 끄덕였다.

누구나 할 수 있는 생각이었다. 더구나 백자흔 쪽에서는 달리 다른 방법이 없는 일이었다.

남궁천기는 슬며시 몸을 돌렸다.

남궁천록이 그의 등에 대고 물었다.

“어딜 가?”

“바람 좀 쐬겠습니다.”

“……”

남궁천록은 어둠 속으로 걸어가는 남궁천기의 뒷모습을 물끄러미 바라보았다.

*　　　*　　　*

찌익.

인피면구(人皮面具)를 벗겨내는 소소의 손길은 조심스러웠다. 얼굴에 달라붙은 면구가 생살을 뜯어내는 것 같은 느낌이었다.

"아프지 않나요?"

백자흔은 대수롭지 않게 말했다.

"이까짓 게 뭐가 아파."

그는 말과 함께 창밖으로 시선을 던졌다. 아직 잠들지 않은 자들의 음성이 고즈넉한 어둠 속에서 들리고 있었다.

"시작하자."

"예."

백자흔의 명에 대답을 했지만 막상 소소는 불안감을 떨치지 못했다.

그들에게 이제 남은 시간이 오늘 하루밖에 없다는 것을 적들도 알고 있을 것이다. 남궁세가 전체의 경계가 더 강화되었다는 것만으로도 알 수 있는 일이었다.

백자흔은 벌써 신형을 날려 지붕을 넘어가고 있었다.

서로 맡겨진 일이 다르기 때문에 소소와는 길이 갈렸다.

그녀는 여러 곳을 다니며 불을 지르는 일을 맡았고, 그 혼란을 틈타 백자흔은 자미공주의 신병을 안전하게 손에 넣고자 했다.

소소에게 성채를 은밀히 돌아다니며 불을 지르는 일은 그리 어려운 일이 아니었다.

같이 잠입한 결사대는 백자흔이 돌아온 후에 성문을 공략하기로 했기 때문에 그들은 꼼짝도 하지 않았다.

소소가 움직이기 시작한 지 일다경도 되지 않아 성채 안의 마사(馬舍)로부터 불길이 타올랐다. 불길에 놀란 말 수천 마리가 한꺼번에 뛰쳐나와 길길이 날뛰었다.

"불이야!"

처음에 군사들은 불길에도 당황하지 않고 침착하게 일사불란하게 움직여 불을 껐다. 미리 수뇌부로부터 내려온 명이 있었기 때문에 그들의 임기응변은 빨랐다.

그러나 불길은 계속해서 여기저기서 타올랐다. 광목을 넣어놓은 창고가 불길에 타오르고, 곡물 창고는 물론 병기와 화약을 넣어놓은 병기고까지 주로 사람이 안에 살지 않는 건물들만 공략되었다.

성채 안 곳곳이 정신없이 불길에 휩싸이자 침착하게 대응하던 군사들도 곧 혼란스럽게 우왕좌왕하는 모습을 보였다.

그런데 혼란을 노리는 건 백자흔 패거리만이 아니었다.

*　　*　　*

자미공주는 불안한 눈으로 검은 연기가 치솟는 쪽을 바라보며 창가에 서 있었다.

밖에서 그녀를 감시하기 위해 경계를 서고 있는 자들까지 혼란에 동요되어 안절부절못하고 있었다.

그녀는 침착하고자 입술을 깨물었다.

옷은 다 차려입었으니 결심을 결행하는 일만 남았다. 그녀는 경계를 서는 자들의 눈을 피해 창문을 넘었다.

경계를 서는 자들은 만일에 모를 침입자를 대비해 안쪽보다는 바깥쪽의 움직임에 모든 신경을 쓰고 있었다.

자미공주는 담벼락 아래까지 무사히 이르렀다.

얼마나 많은 담을 넘어야 무사히 밖에 이를 것인지 알 수 없었다.

경계를 서는 자들의 눈을 피해 그녀는 조심스럽게 첫 번째 담을 넘어갔다.

경계를 서는 자들이 바깥의 환경에 주의를 기울이는 것처럼 그녀의 주의는 경계를 서는 자들에게 집중되어 있었다. 뜻밖의 상황은 그녀가 담장을 다 넘어섰을 때 일어났다.

담장 밖에 마치 그녀를 오래전부터 기다리고 있던 것처럼 서 있는 사람이 있었다.

"호호… 또 뵀습니다, 공주님."

자미공주는 흠칫 놀라며 얼른 시선을 피했다.

남궁천기였다. 그의 섭혼술에 혼이 나갔던 기억을 갖고 있
는 그녀는 그와 눈을 마주치지 않기 위해 완강하게 고개를 숙
였다.

이때 남궁천기의 오른손이 뻗어와 그녀의 손목을 잡았다.

"그렇지 않아도 공주님을 찾아가던 중이었습니다. 우린 서
로 마음이 통하는 모양입니다. 안 그렇습니까, 공주님?"

순간 자미공주는 있는 힘을 다해 발을 뻗었다.

남궁천기의 사타구니를 노린 그녀의 발은 또 다른 물리력
에 의해 허공에서 저지당했다.

남궁천기의 왼손이 어느새 그녀의 무릎을 가볍게 누르고
있었다. 아니, 잡고 있었다. 그의 악력에 제압당한 자미공주
는 꼼짝도 할 수 없었다.

"상대를 보고 가려서 수작을 떨어야지. 이까짓 얕은꾀로는
빠져나갈 수 없어."

"나… 날 어쩔 셈이냐?"

자미공주는 겁을 잔뜩 먹은 채 말했지만 남궁천기의 얼굴
을 바라보려 하지 않았다. 그와 눈이 마주친다면 어떤 일을
당할 것인지 알고 있는 때문이었다.

남궁천기가 그녀에게 몸을 바싹 붙이며 헛바닥을 그녀의
귓불에 날름거렸다.

"다른 건 다 형에게 가지라고 할 거야. 하지만 넌 내가 가져야겠어. 나도 하나쯤 그럴듯한 걸 가져야 할 것 아니야."

"지… 징그러! 저리 비켜!"

자미공주는 두 손을 뻗어 남궁천기의 가슴을 밀어냈다.

그러나 남궁천기는 거대한 벽처럼 꿈쩍도 하지 않았다.

남궁천기가 그녀의 귓불을 입술로 살짝 물며 속삭였다.

"내 여자가 돼줘. 잘해줄 테니까."

"꺄아악!"

이것저것 가릴 상황이 아니었다. 자미공주는 순간 악다구니 같은 비명을 내지르고 있었다.

남궁천기가 흠칫 놀라 고개를 쳐들었다.

파라락…….

비명 소리를 들은 무사들이 벌써 담장을 넘어 날아오고 있었다.

자미공주를 지키기 위해 동원된 그들은 한눈에 봐도 일류 고수들이 분명했다.

삽시간에 십여 명의 무사가 남궁천기와 자미공주를 에워 쌌다.

"무슨 일입니까? 자미공주는 왜 여기 있고 공자님은 왜 여기 계시는 겁니까?"

말을 하고 나선 자는 풍사였다.

남궁천기의 얼굴이 풍사를 보면서 굳어졌다. 남궁세가의 분신과도 같은 가신이었다. 풍사에 대해서라면 누구보다 잘 알고 있는 남궁천기였다.

남궁천기는 무거운 표정을 하고 풍사에게 한 걸음 다가갔다.

"나도 뭘 가져야 할 것 같아서."

"형님의 혼례입니다. 망치실 생각이 아니라면 이쯤에서 그만두시는 게 좋겠습니다."

"어차피 상관없는 일 아니야. 이 가문의 어느 누구도 날 진정으로 받아들인 적이 없어. 난 다리 밑에서 주워온 놈보다 더 못하지."

"형님에게 비교하면 그럴 수 있겠습니다만… 다른 사람과 비교하면 둘째 공자님의 지체는 하늘과 다름없습니다."

남궁천기가 입꼬리에 조소를 매달았다.

"매일 외로움에 치를 떠는 하늘도 있나? 매일 밤 분루(憤淚)를 삼키며 밤을 하얗게 지새는 하늘도 있나?"

풍사가 포권을 하며 허리를 깊이 숙였다.

"아버님께서 아시면 역정을 크게 내실 겁니다. 결행을 거두어주십시오."

"비켜라. 모르겠느냐? 내가 너희들을 해치면 더 큰 문제를 만드는 거다. 네가 아버님과 나를 진정으로 위한다면 지금은 네가 물러서야 한다."

풍사가 또다시 허리를 깊이 숙였다.

"제겐 맡겨진 임무가 있습니다. 죄송합니다."

쩡!

순간 남궁천기가 검을 뽑아 들었다.

풍사와 무사들이 일제히 뒤로 일보 물러서며 공력을 온몸에 끌어올렸다.

남궁천기가 자미공주의 손을 덥석 잡아끌었다.

"내 뒤에 바싹 붙어 따라와라."

자미공주가 무슨 생각을 하는지 남궁천기의 뒤에 바싹 몸을 붙였다.

"날 지켜줘요. 난 죽어도 당신 형님과는 혼례를 치르지 않을 거예요."

남궁천기가 고개를 돌려 그녀를 보며 징그럽게 웃었다.

"물론 나와도 혼례를 치르지 않겠지?"

자미공주가 단언했다.

"물론이죠."

"하지만 그래도 날 따라와. 나와 형님과 싸움을 붙인 것만으로도 넌 충분히 고소해할 거잖아."

"……"

속내를 들킨 자미공주의 얼굴이 벌겋게 달아올랐다.

“간다!”

남궁천기가 소리치며 자미공주의 손을 잡고 신형을 앞으로 박찼다.

거의 동시에 풍사가 소리 높여 외쳤다.

“막아라! 절대로 보내줘서는 안 된다!”

그의 외침에도 남궁천기의 신분이 신분인 이상 무사들을 섣불리 남궁천기를 공격하지 못했다.

반면에 남궁천기는 손속에 사정을 두지 않고 검을 휘둘러 무사들을 닥치는 대로 베며 포위망을 뚫고 나갔다.

“으악!”

“크억!”

“켁!”

단말마의 처절한 비명이 야음을 뚫고 솟아오르자 남궁세가의 살아 있는 생물체는 모두 잠에서 깨어났다.

벌써 비명은 듣고 수십 줄기의 인영이 날아오고 있었다. 가까이 있었거나 대단한 경공을 지닌 고수들이었다.

고수들의 틈에는 남궁역중의 모습도 보였다.

남궁역중은 남궁천기의 앞을 가로막고 섰다.

“멈춰라, 이놈!”

남궁천기는 남궁역중의 앞에서 뻣뻣하게 몸을 세우고 걸음을 멈추었다. 그런 그의 눈에서 푸르스름한 녹광이 귀기스럽게 빛났다.

"오셨습니까, 어르신."

"어른신? 이놈이 실성을 한 모양이로구나."

"제대로 보셨습니다, 어르신. 제정신으로는 수습할 수 없으니 실성할 수밖에요."

"닥쳐라, 이놈!"

남궁역중은 치미는 분노를 다스리지 못하고 주먹을 불끈 쥐어 남궁천기의 얼굴을 향해 날렸다.

그러나 순간 남궁천기의 검이 날아오는 남궁역중의 손목을 노리고 휘둘러졌다.

"으헉!"

남궁역중은 기겁을 하며 신형을 뒤로 날려 남궁천기의 공격을 아슬아슬하게 피했다.

남궁천기가 가늘게 웃었다.

"흐흐흐… 내가 어르신을 믿지 못하듯 어르신도 쉰네를 믿지 못하는군요. 어르신이 피하지 않았으면 내가 어르신의 손목을 잘랐을까요? 아니면 공격을 거두었을까요?"

"이런 처죽일 놈이……!"

남궁역중은 이를 부드득 갈며 남궁천기에게 원수 대하듯 눈을 부라렸다.

남궁천기는 징그럽게 웃으며 말했다.

"호호호… 그러기에 왜 나의 계집을 죽였습니까? 아무리 하찮은 계집이라도 내가 손끝 하나 건드리지 않고 아꼈는데… 내게서 왜 사랑을 빼앗아갔습니까. 내게 준 것도 없는 어르신이 왜 그나마 가진 것도 없는 내게서 그녀를 빼앗아갔단 말입니까? 용서할 수 없습니다. 이해할 수도 없습니다."

남궁역중의 굳은 얼굴에 가느다란 경련이 스쳐 갔다.

"지금이라도 검을 거두고 자미공주를 넘겨라. 그리한다면 오늘의 일은 없던 것으로 하겠다."

남궁천기가 갑자기 몸을 뒤로 휙 돌리더니 자미공주를 향해 냅다 검을 휘둘렀다.

"내가 이까짓 계집이 욕심 나서 이런다고 생각합니까?"

"안 돼!"

남궁역중은 부지중에 급박하게 소리쳤으나 그의 위치에서 남궁천기를 막을 수는 없었다.

절체절명의 순간이었다.

남궁천기의 검이 자미공주의 목을 베었으리라 믿어지는 그 순간,

카앙!

날카로운 금속성이 울리며 남궁천기의 검은 자미공주의 목 한 치 앞에서 서슬이 시퍼런 칼날에 막혀 있었다.

그리고 자미공주의 허리를 한 손으로 감고 다른 한 손으로

는 칼을 들어 남궁천기의 검을 막은 자의 모습이 확연하게 드
러났다.

"백자흔!"

남궁천기는 귀신이라도 본 듯 혼비백산하여 뒷걸음쳤다.

남궁역중의 눈빛이 순간 빠르게 흥분을 가라앉히면서 서
늘하게 빛났다.

자미공주는 너무나 놀랍고 반가워 들뜬 표정이었다.

"오셨군요!"

그녀의 말이 끝나기도 전에 그녀의 개미 같은 허리를 한 손
으로 감은 채 백자흔의 신형이 허공으로 떠올랐다.

남궁역중이 신형을 솟구치며 외쳤다.

"막아라!"

아까와는 다른 상황이었다.

사방을 에워싼 무사들이 즉각 병장기를 뽑아 들고 신형을
솟구쳐 날아가는 백자흔의 진로를 막았다.

백자흔은 자미공주를 보호하며 칼을 휘둘렀다.

쉬쉬쉭!

그의 칼이 허공에 선연한 도광을 뿌려낼 때마다 어김없이
피분수와 함께 비명을 지르며 수급이 날아올랐다. 그러나 그
의 신형도 더 이상 앞으로 나아가지 못하고 아래로 떨어져 내
렸다.

남궁역중을 모시는 자들은 남궁세가의 정예 중 정예라 할 수 있었다.

그런 자들이 몇백 명이나 되는 속에 뛰어든 백자흔의 대담함에 남궁역중은 내심 혀를 내둘렀다. 한편으론 호기를 잡았다고 믿었다.

자미공주라는 혹까지 붙었으니 도망갈 재간이 없는 일이었다.

"으악!"

"크엑!"

백자흔과 남궁세가 호위무사들은 서로를 향해 생사쟁패를 겨루며 어울렸다.

*   *   *

땡땡땡땡…….

요란하게 경종이 울렸다.

무사들이 분주하게 움직이며 몰려가는 모습이 여기저기서 눈에 띄었다.

"결국 일을 이렇게 만들 생각이었군."

상단의 허드렛일꾼으로 가장해 들어온 백팔마녀는 얼굴 가득 주름이 가득한 노파의 모습이었다. 상단이 원거리를 움직이려면 음식을 책임지는 사람과 짐을 나르는 사람 등 상당한 허드렛일꾼들이 따르게 마련이다. 그러니 허드렛일을 하는 여자 몇이 상단을 따라온 게 하등 이상한 일은 아니었다.

같은 변장이라도 젊은 아낙으로 변장한 레이가 백발마녀를 보면서 말을 건넸다.

"결국 일을 이렇게 만들 생각이었다니요?"

백발마녀가 고개를 가로저었다.

"정말 질리는 놈이야. 다른 사람 생각은 하지 않고 멋대로 결정하고 사고를 쳐버리다니……."

"놈이라니요?"

"모르겠느냐? 백자흔이 일부러 자신을 드러내 남궁세가의 무사들을 끌어들이고 있지 않느냐? 경종이 다급하게 울렸고 수많은 무사들이 이동하고 있는데 넌 그들이 무엇 때문에 그런다고 생각하는 거냐?"

"그게 딱히 백 대주 때문이라고 단정할 수는 없잖아요."

"쯧쯔."

백발마녀는 혀를 끌끌 차며 안쓰러운 눈으로 레이를 바라보며 말을 이었다.

"넌 백자흔에게 마음을 두고도 나보다 그를 모르는구나."

"……"

"남궁세가에서는 백자흔을 찾아내지 못했을 뿐 그가 상당한 무리를 끌고 이미 안에 들어와 있다는 것을 알고 있다. 그러니 우리 모두가 감시를 당하고 있는 것이고, 외부에서 하객으로 온 모든 손님들의 거처를 성문 쪽에서 먼 곳에 배치하기도 한 것이다."

"그 점은 제자도 알고 있습니다."

"그러니 백자흔은 자신의 존재를 일부러 알려 경계를 선무사들을 안으로 끌어들이고 우리에게 성문까지 갈 수 있는 기회를 만들어내려는 것이다."

"하지만 그는 자신이 돌아올 때까지 기다리라고 하지 않았습니까?"

레이의 말에 어처구니가 없다는 듯 백발마녀가 하얗게 웃었다.

"돌아오지 못하면? 그가 돌아오지 못하면 그럼 우린 아무것도 하지 않는 게 옳을까?"

"……."

레이는 대답을 하지 못했다. 그녀는 그제야 자신이 얼마나 어리석은 질문을 했는지 깨달았다.

백발마녀가 다시 창밖으로 시선을 던졌다. 창밖을 보는 그녀의 시선이 어느 때보다 서늘했다.

"모두 준비시켜라. 성문을 연다."

第三十七章
죽음의 행진(行進)

黑_道戰士

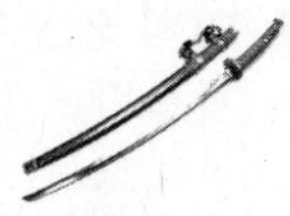

성곽 위에서 활을 겨눈 군사들의 수는 헤아릴 수조차 없었다.

성문 앞으로 몰려든 자들의 수도 벌써 일만을 헤아렸지만 굳게 닫혀진 성문 앞에서 그들은 속수무책이었다. 더 큰 문제는 성문과 그들 사이를 이어줄 다리가 치워져 그들 앞에 시퍼런 강물이 흐르고 있다는 것이었다.

"도강이라도 해서 공격해야 하는 게 아닐까?"

막거정이 초조한 빛을 감추지 못하고 떠들어댔지만 목곽은 그 자리에 붙박인 돌부처인 양 조금의 흔들림도 없었다.

"화살받이가 되려면 무슨 짓을 못해. 다리가 다시 내려지고 성문이 열리지 않는 한 우린 꼼짝할 수 없어."

"백자흔 놈이 성문을 열지 않으면 아무것도 할 수 없다니… 이거야 원."

싸우고 싶어 온몸이 근질거리는 막거정이었다. 그러나 그조차도 밖에서 성문을 여는 일이 불가능하다는 것을 알고 있었다.

달리 아무것도 할 수 없는 그들은 다리가 다시 내려지고 성문이 열리기를 기다릴 뿐이었다.

그러는 사이 성문 앞으로 몰려든 사람들의 수는 급격하게 불어나 이만을 훌쩍 넘어갔다. 곧 큰 싸움이 벌어질 것이라는 것을 알면서도 혼례를 보기 위해 온 구경꾼들이 흩어지지 않고 몰려드는 것이었다.

성곽 위에서 이를 바라보고 있는 남궁천록의 표정은 그 때문에 굳어 있었다.

백성들이라는 게 큰 싸움이 일어나면 다급하게 자리를 피하게 마련인데 직접 코앞에서 불구경을 하겠다고 몰려들고 있으니 그들의 큰 피해가 염려되는 상황이었다. 애꿎은 백성들이 해를 당하는 건 남궁세가에서도 우려하는 일이 아닌가.

옆에 서서 이를 같이 보고 있던 공손염이 중얼거리듯 말했다.

"저 많은 군중들이 모두 백자흔을 지지하는 무리들은 아닐 것입니다. 왜 흩어지지 않는지 정말 알 수 없습니다."

남궁천록도 고개를 갸웃거렸다.

"뭔가 그들을 움직이게 하는 힘이 작용하고 있는 것 같다. 하지만 그게 뭔지 알 수가 없어."

이때 그들의 뒤쪽에서 갑자기 처절한 단말마가 들렸다.

"으아악!"

몸에 달라붙는 검은 흑의를 입은 자들 수십 명이 성문 앞을 지키는 무사들을 닥치는 대로 베며 뛰어든 것이었다.

공손염이 목청을 돋우어 외쳤다.

"막아라! 화살을 쏴라!"

성문 앞을 지키는 무사들의 수는 수백에 이르지만 흑의인들의 수는 수십에 불과했다. 성곽 위에서 화살을 쏘면 적아를 분간할 수 없게 뒤엉켜 있는 속에서 남궁세가 무사들의 희생이 더 클 게 자명한 일이었지만 그 정도 희생은 감수한다는 게 애초의 생각이었다.

성곽 위의 무사들이 몸을 성 안쪽으로 돌려 활을 겨누었다.

쉬쉬쉭!

수천 개의 화살이 적아를 구분할 수 없게 뒤엉켜 싸우는 자들을 향해 날아가고 비명이 난무했다.

"으아악!"

"크엑!"

"커억!"

그때 누군가 부르짖었다.

"백발마녀다!"

외침이 들린 곳으로 고개를 돌리던 남궁천록이 흠칫 놀란 표정을 지었다.

막 허공을 날아와 성곽 한곳의 무사들을 검을 휘둘러 공격하고 있는 하얀 인영.

눈꽃처럼 흰 머리카락을 날리며 춤을 추듯 나비처럼 유연하게 움직이는 백영의 모습은 틀림없이 그녀가 백발마녀임을 증명했다.

남궁천록은 신형을 숫구쳐 백발마녀가 있는 곳으로 날아갔다.

백발마녀가 내려온 성곽 주위는 수십 명의 시신이 널려 있었다. 그 공간으로 남궁천록이 백발마녀를 마주 보며 내려섰다.

"백자흔은 안에서 혼란 작전을 부리고 성문은 교주께서 열기로 하셨소?"

백발마녀가 남궁천록을 보면서 차갑게 웃었다.

"우리가 언제 만난 적이 있었나?"

"꼭 얼굴을 봐야 아는 것이겠습니까? 우린 이미 서로 잘 알고 있지 않습니까."

"그래, 그 말도 일리가 있군."

백발마녀의 머리카락이 사방으로 뻗쳐올랐다. 공력을 잔뜩 끌어올리고 있는 것이었다.

그러나 그녀와 달리 남궁천록은 한결 여유있는 모습이었다.

"마교가 황제를 위해 이런 일을 결행하는 이유가 뭐요? 오히려 우리와 붙어먹는 게 나은 것 아닌가?"

"내게 뭘 줄 수 있는데?"

백발마녀도 관심이 있는 표정이었다.

남궁천록이 징그러운 웃음을 머금으며 품속에서 한 권의 책자를 꺼냈다.

"마경(魔經)."

"……."

"이것을 찾으려는 것 아닌가? 말만 잘하면 그냥 줄 수도 있는데."

"……."

백발마녀의 허공에 뻗어올랐던 머리카락이 스르르 다시 내려앉았다.

성문을 열려는 자들과 막으려는 자들의 싸움은 그 순간에도 처절하게 이어지고 있었지만 그들은 태평스러웠다.

남궁천록이 상황을 살피며 말했다.

"사실 이걸 미끼로 협상을 하지 않아도 교주께서 성문을 여는 건 불가능합니다. 인정합니까?"

"길고 짧은 건 대봐야 아는 일이지."

"그럼 해보시겠습니까."

남궁천록은 말과 함께 손에 들고 있던 마경을 다시 품속에 쑥 집어넣었다.

백발마녀의 신형이 벼락처럼 앞으로 날아왔다.

"그건 본 교의 무가지보(無價之寶)다! 네놈이 함부로 가지고 있을 게 아니란 말이다!"

후웅!

화가 난 듯 거칠게 검을 휘두르며 달려드는 백발마녀의 공격을 남궁천록이 가볍게 허리를 뒤로 젖히며 피했다. 서서 그대로 피하는 동작은 상대를 경시하는 것으로 무예에 상당한 차이가 있을 때나 가능한 것인데, 남궁천록에게 그런 무시를 당하자 백발마녀는 화가 극도로 치밀었다.

"이런 건방진 놈!"

후앙!

백발마녀는 좀 더 빠르고 강하게 검을 휘둘러 남궁천록을 압박했다.

남궁천록도 위험을 느꼈는지 뒤로 두 걸음이나 물러서며

공세를 피했다.

그러나 피가기만 할 뿐 좀처럼 병기를 꺼내 들지 않는 남궁천록이었다.

백발마녀가 공세를 멈추며 분통한 표정으로 남궁천록을 바라보았다.

"네놈이 나를 설득하겠다는 거냐?"

남궁천록은 빙그레 웃었다.

"그러니 원하는 걸 말해보시오. 그쪽에서 원하는 게 있어야 이쪽에서 내주든지 말든지 할 것 아니오."

"난 원하는 게 아무것도 없다. 있다면 네 아비의 목이다."

"마경은?"

"그건 본래 본 교의 것이다. 당연히 돌려받아야 할 것을 두고 협상을 하자니 처음부터 얘기가 안 되는 일이지."

"그건 나도 마찬가지요. 애초에 들어줄 수 없는 걸 원하면 협상이 어찌 되겠소."

백발마녀가 신형을 앞으로 쏘아나오며 소리를 질렀다.

"그러니 애초에 협상은 말도 안 되는 것이다!"

그 외침이 얼마나 컸는지 성 전체가 쩌렁쩌렁 울렸다.

남궁천록이 빠르게 검을 뽑아 들더니 허공에서 떨어지며 내려치는 백발마녀의 검을 막았다.

카앙!

이때 수십 줄기의 검은 인영이 성문을 향해 날아오는 것이 그의 눈에 들어왔다.

성문 앞을 처음 습격했던 무리보다 더 많은 숫자였다.

그리고 그 선봉에 또 한 명의 백발마녀가 보였다.

말갈족의 공주 레이였다.

그녀는 앞을 가로막는 무사를 검으로 베며 무리들을 독려했다.

"성문을 여는 건 우리의 몫이다! 마교의 전사들은 목숨을 초개처럼 던져 성문을 열어라!"

남궁천록은 그제야 백발마녀가 갑자기 크게 소리를 지른 것이 신호였음을 깨달았다. 그는 세가의 무사들을 독려하고자 했지만 백발마녀가 기회를 주지 않고 달려들었다.

카앙! 캉!

백발마녀의 공격은 동귀어진의 수법에 가까웠다. 자신의 위험은 추호도 돌보지 않고 남궁천록의 치명적인 인명혈(人命穴)을 노렸다.

남궁천록이 백발마녀를 제압할 수 있는 실력을 갖추었더라도 그녀의 이런 공격은 그도 감당하기 쉽지 않았다. 무리를 지휘해야 할 수장이 이렇게 묶여 아무것도 할 수 없는 상황에 놓인 것은 심각한 문제를 초래한다.

성안에서 본격적으로 싸움이 붙은 걸 안 목곽의 무리들이 도강을 감행해 공격을 시작했고, 그들이 쏜 불화살이 하늘을 뒤덮었다.

성곽 위의 궁사들은 우왕좌왕하며 성문을 열려는 성안의 결사대를 겨누는 무리와 성 밖의 도강해 온 무리들을 공격하는 무리로 나뉘었지만 혼란스러워했다.

공손염이 무리들의 지휘에 나섰지만 그는 일개 가신에 지나지 않아 많은 군사들을 일사불란하게 통제하지는 못했다.

그러는 사이 성문을 공략하던 레이와 그녀의 무리들은 성문의 장치 위에 도달했다.

"성문을 열어라!"

레이의 외침에 따라 마교의 무사들이 교각을 내리는 밧줄을 풀었다.

그를 막기 위해 남궁세가의 무사들이 화살을 비처럼 쏘아댔고 그들의 몸엔 화살이 고슴도치처럼 박혔지만 그들은 죽음도 불사하고 줄을 풀었다.

쿵!

마침내 강을 연결하는 교각이 내려졌다. 교각을 내려야 성문을 열 수 있으니 성문을 열기 위한 두 단계 중 하나를 해결한 셈이었다.

*　　　*　　　*

천근벽해 목곽은 막거정을 강 건너로 보냈으나 사태를 낙관하지는 못했다.

헤엄을 쳐서 강을 건너간 막거정의 황하 패거리들은 성곽 위에 줄을 걸어 성곽을 오르기 위해 시도했다. 그러나 성곽 위에서 쏟아지는 화살을 맞아 대부분이 희생되었다.

무모한 공격이었다.

마치 섶을 지고 불로 뛰어드는 행위나 다름없었다.

쿵!

이때 성문 앞에 세워졌던 교각이 줄이 풀려 목곽이 있는 앞으로 거대한 흙먼지를 일으키며 떨어져 내렸다.

"으와아!"

목곽의 뒤에서 녹림십팔채의 무리들과 흑도의 무리들, 그리고 그들을 돕기 위해 투입된 구파일방의 제자들이 함성을 내질렀다.

목곽은 눈앞에 펼쳐진 기적 같은 광경에 망연자실할 틈도 없이 만근봉을 쳐들어 외쳤다.

"진격하라!"

성문은 아직 열리지 않았지만 놓아진 교각으로 무리들이 지축을 울리며 달려갔다.

"와아아아아아!"

　대부분 변복을 해서 산적인지 무사인지 알 수 없었지만 그렇게 뒤엉켜 남궁세가란 공동의 적을 향해 몰려갔다.

　목곽이 무심코 고개를 뒤로 돌렸다.

　순간 그는 못 볼 사람을 보기라도 한 듯 눈이 맞은 한 사람을 보며 소스라치게 놀랐다.

　"폐… 폐하!"

　폐하라니?

　그와 눈이 마주친 자는 보잘것없는 남루한 행색의 중년인이었다. 그러나 중년인의 깊고 서늘한 시선은 가을 호수 같은 기품이 담겨 있었다.

　"잘 있었나, 목 대협."

　인사하는 중년인, 아니, 황제를 보며 목곽은 털썩 그 자리에 무릎을 꿇으며 오체투지했다.

　"여긴 위험한 곳입니다. 헌데 어찌하여 폐하께서 이런 위험한 곳까지……."

　"난 내가 왔다는 소문을 일찍 냈는데 자넨 아직 듣지 못한 모양이군."

　목곽이 망연자실한 표정의 얼굴을 들었다.

　"그… 그래서 사람들이 모두 가지 않고……."

　"내가 오지 않는다면 백성들이 나의 무엇을 믿고 따르겠는가. 내 저들을 속이고 몰래 빠져나오느라 혼났다네."

목곽은 그제야 황제의 주위에 있는 자들이 눈에 들어왔다. 변복을 했지만 그가 금방 알아볼 수 있을 만한 사람들이 보였다.

소림 장문인 청허 대사는 이마에 파란 건을 두르고 등에는 소금짐을 메고 있었다.

화산 장문인 현령검협 사마관은 낡은 죽림에 팔과 다리를 둥둥 걷어붙이고 손에 괭이를 든 모습이 영락없이 농투성이였다.

외에도 여전히 거지 차림을 바꾸지 않은 취선개와 전진파(全眞派), 보타사(普陀寺), 설산파(雪山派) 등의 장문인 등 태산천동의 주역들이 대부분 있었다.

그들이 황제를 호위하여 왔음을 알 수 있게 했다.

목곽이 고개를 돌리며 사자후를 외쳤다.

"폐하를 모셔라! 여기 폐하가 왔느니라!"

공력을 모아 외친 그의 외침이 남궁세가 구석구석까지 울려 퍼졌다.

*　　　*　　　*

카앙!

백자흔은 남궁천기의 검을 막으며 순간적으로 주위의 정

황을 살폈다.

빠져나갈 틈은 없었다.

자미공주는 두려움에 가득 차 그의 뒤에 숨어 있을 뿐이었다. 도움은 되지 않고 짐에 불과했다.

생각할 여유도 없었지만 생각할 시간이 있다 한들 자미공주의 안전을 보장할 방법은 없었다.

남궁천기는 부친에게 보인 실기를 만회하기라도 하려는 듯 공을 세우기 위해 거칠게 백자흔을 밀어붙였다.

카앙! 캉!

두 고수의 싸움은 용호상박 같았다. 그러나 그것은 남궁천기의 판단에 불과했다.

백자흔이 갑자기 수세에서 공세로 바꾸었다.

그건 멀리서 들려온 외침 때문이었다. 흐릿하기는 했지만 목곽의 외침을 들은 것이었다.

"폐하를 모셔라! 여기 폐하가 왔느니라!"

남궁역중의 얼굴이 굳어졌다. 그는 침잠된 표정으로 옆의 풍사를 돌아보았다.

"황제가 여기까지 왔느냐? 알아보아라."

"예."

풍사의 신형이 대답과 함께 바람처럼 자리에서 사라졌다.

백자흔은 칼을 휘둘러 남궁천기를 위협했다.

막상 그의 공세가 펼쳐지자 남궁천기는 한순간에 수세로 바뀌며 경황없이 검을 휘둘러댔다.

단숨에 남궁천기가 위기에 몰리자 이를 보고 있던 남궁역중이 수하들을 향해 손을 저었다.

"쳐라!"

순간 백자흔을 호시탐탐 노리고 있던 남궁세가의 고수들이 일제히 신형을 차고 나오며 병장기를 휘둘렀다.

백자흔 역시 칼을 휘두르며 그들을 덮쳐 갔다.

카앙! 캉!

"으악!"

"커억!"

두 명의 목이 잘려 피가 뿜어졌고, 피는 백자흔의 몸을 시뻘겋게 물들였다.

"도대체 겁이 없는 놈이로군. 저걸 용맹하다고 할 수도 없고……."

바라보는 남궁역중은 기가 막힌 표정을 지었다.

공격하는 자가 몇이든 수세를 지킬 자가 오히려 더 덤벼들어 공격하는 자라는 건 목숨을 전혀 돌보지 않고는 불가능한 일이 아닌가.

두려움이라는 걸 애초에 갖고 있지 않단 말인가.

수십 명 속에 에워싸여 있지만 백자흔, 그가 포위당해 있다는 느낌은 어디에도 없었다.

"으아악!"

"크악!"

다시 무사 몇의 목이 허공으로 솟구쳤다.

남궁역중이 참견을 하려고 입을 들썩이다 말고 다물었
다.

풍사가 그의 옆에 다시 나타났기 때문이었다.

"황제입니다. 황제가 왔습니다."

남궁역중의 입가에 비릿한 웃음이 걸렸다.

"그래? 그거 잘됐군. 한꺼번에 해치울 수 있다면 그만큼 수
고를 덜겠지."

"그런데……."

"뭐냐?"

"성문이 열렸습니다."

"그만한 거야 각오한 것 아니냐. 놈들이 성문 정도는 열어
야 싸움이 되겠지. 이 가주 등에게 연락해 군사를 동원하도록
해라. 내전까지는 들어오지 못하게 막아야 할 것이다."

"알겠습니다!"

대답과 함께 풍사는 다시 신형을 솟구쳐 사라졌다.

＊　　　＊　　　＊

　강호오대세가를 무너뜨리려는 무리들은 질풍노도처럼 성안으로 들어갔다. 그러나 미리 대기하고 있던 남궁세가의 궁수들이 성곽 위와 지붕 위에서 모습을 드러내고 빗줄기처럼 화살을 쏘아댔다.

"으악!"

"크악!"

"컥!"

　앞선에서 달리는 자들이 주 표적이었다. 앞에서 용맹하게 뛰어든 자들의 희생이 컸다.

　그러나 그들도 곧장 반격을 시도했다. 심후한 공력을 지닌 자들은 일학충천(一鶴沖天)의 경공으로 단숨에 성곽과 지붕 위로 올라갔으며 궁수들을 제압하기 시작했다.

　그들을 지휘하고 있는 건 귀면염라 정면과 소혼귀도 장막이었다.

　흑도의 날고 기는 이 두 고수는 무리 이천여 명을 이끌고 선봉에 서서 남궁세가를 장악해 들어갔다. 훈련이 잘된 자들이라 그 일사불란한 움직임이 돋보였다.

　불구문의 문주 독각비응(獨脚飛鷹) 손벽이 이백여 불구문의 제자들을 이끌고 그 뒤를 따랐지만 불구문의 제자들은 황하와 양자강의 산적들과 뒤엉켜 있었다.

그러나 남궁세가의 무사들도 녹록치는 않았다. 그들의 병력은 수만에 이르렀으며 사태를 파악하고 달려온 모용세가와 강서이가, 화천왕가의 병력까지 가담하여 엄청난 세를 과시했다.

"황제를 잡아라!"

"황제의 목을 베는 자에게는 포상금이 있을 것이다!"

수적인 우세를 절대적으로 믿는 그들은 거칠 것이 없다는 듯 몰려왔다.

독각비웅 손벽이 수하들을 데리고 그들의 한복판으로 뛰어들었다.

"불구문의 제자들은 목숨을 초개처럼 던져라! 적이 얼마나 많든 오합지졸일 뿐이다!"

이때 손벽의 앞으로 뭔가 날아들었다.

그는 흠칫 놀라며 피했고 날아든 물체는 그의 앞으로 떨어져 내렸다.

수급이었다.

눈꽃처럼 하얀 머리카락의 주인공이며 여자였다.

"배… 백발마녀……."

손벽의 얼굴이 순간 굳어졌다.

파라락!

허공으로 날아든 인영 하나가 손벽의 앞으로 내려섰다.

남궁천록이었다.

그가 나타나자, 그것도 백발마녀의 목숨을 빼앗은 모습으로 나타나자 강호오대세가의 무리들은 하늘이 떠나갈 듯한 함성을 지르며 환호했다.

"와아아아아!"

남궁천록이 손벽을 보며 입꼬리에 비웃음을 감추지 않았다.

"불구들이 목숨을 초개처럼 던진다고 전세를 바꿀 수 있을까? 개죽음은 개죽음일 뿐 그 이상의 의미는 없다. 병신 육갑 한다는 소리나 듣기 전에 꺼져라."

"죽인다!"

손벽은 시위를 떠난 화살처럼 남궁천록을 향해 있는 힘을 다해 쏘아져 나갔다.

남궁천록의 목을 베기 위한 손벽의 공세는 동귀어진의 수법을 대동했다.

그러나 남궁천록은 이미 그의 수를 다 읽고 있다는 듯 정면으로 마주치지 않고 슬쩍 몸을 뒤로 뺐다.

베기 위한 실체를 잃은 손벽의 몸이 달려가던 탄력을 제어하지 못하고 휘청거렸다.

그 순간 그의 얼굴 앞으로 시퍼런 검광이 번쩍 번개가 작열하듯 터졌다.

"커욱."

　손벽은 비명도 제대로 지르지 못하고 입에서 피 한 모금을 울컥 쏟아냈다.

　그리고 그의 몸 전체가 반으로 갈라지며 피분수가 허공으로 솟구쳤다.

　남궁천록의 입가에 득의한 미소가 걸리는 순간 허공으로 인영 하나가 날아들며 벽력같은 외침을 터뜨렸다.

　"이놈은 내가 맡을 것이다! 그러니 아무도 이놈에게 손대지 마라!"

　인영은 허공으로부터 떨어져 내리며 육중한 무쇠봉을 남궁천록의 머리를 향해 내려치고 있었다.

　남궁천록은 감히 칼로 무쇠봉을 막지 못하고 신형을 뒤로 튕겨 피했다.

　꽈앙!

　무쇠봉이 땅을 내려치자 땅거죽이 폭발했다.

　파인 곳에 삼 장여의 웅덩이가 생겼다.

　척.

　천근벽해 목곽은 내려서면서 남궁천록을 향해 불덩이 같은 눈을 부라렸다.

　"남궁천록, 이제야 만났구나. 내 너와 자웅을 겨뤄보는 것이 오랜 숙원이었는데 잘 만났다."

남궁천록이 담담하게 미소를 머금었다.

"네가 날 넘어설 수 없다는 것은 누구보다 네 자신이 잘 알고 있는 일이 아니냐. 새삼스럽게 자웅을 겨루다니… 네가 나와 감히 자웅을 겨룰 상대나 되느냐? 스스로를 너무 과대평가하는구나."

기세에서는 목곽이 전혀 밀릴 리 없었다.

"자만이 지나치구나. 길고 짧은 것은 대봐야 알게 마련인데 네놈이 무엇을 믿고 내 앞에 흰소리를 지껄이는지 모르겠구나."

남궁천록은 그러나 목곽이 안중에도 없다는 듯 여유를 부리며 주위를 휘휘 둘러보았다.

"너와 나의 싸움으로 이 모든 싸움의 결과를 낼 수 있으면 좋으련만."

그의 말이 끝나기도 전에 목곽이 신형을 박차고 나갔다.

"원래 네가 주둥아리로 지껄여 한몫하는 놈임을 여기 모르는 사람이 없다! 그만 떠들고 붙자!"

후앙!

목곽이 천근봉을 휘둘러 덮치는 기세란 가히 태산을 부숴버릴 것만 같았다.

양측의 무리들은 이 진귀한 구경거리를 놓칠 수 없다는 듯 싸움을 멈추고 관전에 들어갔다.

남궁천록으로서도 쉽지 않은 싸움이었다. 검으로 만근봉과 부딪쳐 싸우는 건 검이 튕겨져 나가거나 부러질 수 있었다. 중병(重兵)을 쓰는 자가 노리는 게 그것이 아니던가.

목곽의 노림수에 놀아날 수는 없는 일이었다.

남궁천록은 되도록 자신의 검과 목곽의 만근봉과의 충돌을 피하며 반격을 시도했다.

그의 무예는 강호에 정평이 나 있는바 목곽도 남궁천록이 공세를 가해오자 움찔했다.

그는 자신을 지켜보는 많은 사람들의 시선이 부담스러웠다.

그의 이기고 짐이 수많은 사람들의 싸움에 영향을 미칠 수도 있다는 건 대단히 부담스러운 일이 아닐 수 없었다.

싸움은 그래서 길어졌다.

* * *

남궁세가의 가주를 지키는 호위무사라면 황실로 따지면 금위군이나 마찬가지였다. 사실, 황실의 금의위보다 모자람이 없는 대단한 고수들로 남궁역중을 지키는 무리들은 구성되어 있었다.

그들을 부리는 자가 풍사였다.

풍사는 자신이 아끼는 수하들이 백자흔 하나를 처치하지 못하고 쩔쩔매는 모습을 두 눈 뜨고 지켜볼 수밖에 없었다. 이런 상황에서 남궁역중의 곁을 벗어나서는 안 되는 게 직무 절대수칙이었다.

백자흔이 그의 눈앞에 있는데도 계속 성채 곳곳에서 불이 나는 건 백자흔과 함께 온 자들이 또 있다는 것을 증명했다.

웬만하면 역정을 내지 않는 남궁역중이 조용히 볼멘소리를 터뜨렸다.

"무엇 하나 제대로 돌아가는 게 없군. 그놈은 뭘 하는 거지?"

풍사가 읍소하며 물었다.

"그놈이라니요?"

"백자흔의 사형이라는 놈 말이다."

"곤룡혈귀 음유 말씀입니까?"

"그래, 음유."

"큰도련님께서 중요한 임무를 맡기셨다는 것만 알고 있습니다. 소인도 어디서 무얼 하는지는 알지 못합니다."

풍사의 말에 남궁역중이 눈살을 찌푸린 채 고개를 돌려 남궁천기를 바라보았다.

그의 시선에 남궁천기는 고개를 숙였다.

"네 수하들은 어떻게 된 거냐? 왜 하나도 안 보여?"

마교십악을 말하는 것이라는 건 누구나 알 수 있었다. 그런데 남궁천기가 순간 당황한 표정을 지으며 안절부절못했다.

남궁역중이 그를 채근했다.

"뭐냐? 무슨 짓을 한 거냐?"

남궁천기가 애써 태연한 표정을 지었다.

"떠날 생각이었습니다. 떠나기 전에 소자가 무엇을 했겠습니까?"

오히려 반문하는 남궁천기를 보며 남궁역중은 심드렁한 표정을 지었다.

"도둑질이라도 시켰단 말이냐?"

남궁천기가 별로 망설임도 없이 대답했다.

"예. 혼란을 틈타 값나가는 패물을 훔치라고 소자가 명을 내렸습니다."

남궁역중이 너무나 어처구니없는 대답에 화를 내는 것조차 잊었다.

"넌 나와 부자의 연을 끊기로 작정하였구나."

"예. 소자의 마음을 숨기지 않고 말씀드린다면 사실입니다. 아버님에게 먼저 연을 끊기기보다는 소자의 의지로 먼저 연을 끊는 게 좋다고 판단했습니다."

남궁역중이 부르르 노구(老軀)를 떨었다.

"가거라. 오늘 이후로 넌 나의 아들이 아니며 남궁세가의 사람도 아니다. 저 계집을 네가 원했으니 계집을 네게 줄 것이다. 네가 데려가도록 해라.”

남궁천기의 시선이 한쪽에 우두커니 서 있는 자미공주를 향했다.

뜻밖의 상황이라 당황스럽기는 했지만 이제 와서 후회를 할 것도 새삼 재고할 것도 없었다.

남궁천기가 무리들에 둘러싸여 싸우는 백자흔을 한번 쳐다보고는 신형을 자미공주에게로 날렸다.

이때 풍사만은 남궁천기의 선택에 관심을 갖지 않고 남궁역중을 쳐다보고 있었다.

‘실로 무서운 분이로구나… 이 마당에 아들까지 이용하다니…….’

그만이 남궁역중의 심중을 꿰뚫어 보고 있는 것이었다.

남궁천기가 자미공주를 데려가려 한다면 백자흔이 가만있지 않을 것이 자명한 일이었다. 백자흔은 무리를 해서라도 남궁천기를 제지하여 할 것이고, 그것은 가뜩이나 곤경에 처해 있는 백자흔의 상황을 더욱 곤경에 처하게 할 것이 분명했다. 물론 잘못하면 백자흔에 의해 남궁천기가 목표물이 되어 희생될 수도 있었다.

아니나 다를까.

싸우면서도 주위의 변화에 신경을 곤두세우고 있던 백자흔이 자미공주의 앞에 이르는 남궁천기의 앞을 어느새 가로

막았다.

풍사가 무사들을 독려했다.

"쳐라!"

무사들이 용기를 내 백자흔에게 떼로 달려들었다.

카앙! 캉!

백자흔은 자미공주를 보호하면서 그들에게 맞섰다. 어려움이 따른 것은 당연한 일이었다.

무사들과 합세한 남궁천기의 공세는 위협적이었다.

"으윽."

백자흔은 옆구리를 불덩이처럼 파고드는 고통에 이를 악물었다.

무사 하나가 그의 옆구리에 칼을 쑤셔 넣은 것이었다.

휙!

"으아악!"

백자흔이 당장 그의 목을 날렸지만 칼이 헤집어놓은 그의 옆구리에선 피가 철철 흘렀다.

그의 상세를 본 무사들이 용기백배하여 벌떼처럼 달려들었다.

백자흔의 목숨을 빼앗는다면 크나큰 포상이 따를 게 분명했다.

남궁세가의 녹봉을 받는 호위무사들에겐 목숨을 걸고도

남을 유혹이었다.

그들의 공세가 갑자기 치열해지자 백자흔은 당황했다. 빠져나갈 방법은 없고 등 뒤의 자미공주는 여전히 어쩔 수 없는 그의 짐이었다.

자미공주가 갑자기 백자흔에게서 떨어지며 소리쳤다.

"혼자라도 빠져나가요! 어서요!"

백자흔이 기겁하여 놀라며 외쳤다.

"떨어지지 마시오! 난 절대로 혼자 가지 않소!"

그 틈을 노린 남궁천기의 검이 백자흔의 뱃가죽을 뚫었다.

"으윽!"

백자흔은 자신의 복부를 뚫고 들어온 검날을 왼손으로 그대로 움켜잡았다.

남궁천기가 검을 당겨 백자흔의 검날을 움켜쥔 손에 큰 상처를 냈다.

그러나 그 순간 백자흔의 칼이 허공을 갈랐다. 칼이 가르고 간 위로 핏줄기가 분수처럼 솟아올랐다.

"으아악!"

뎅겅 잘라진 남궁천기의 수급이 허공에 뜬 채 눈을 부릅떴다.

"천기야!"

남궁역중이 비명 같은 외침을 터뜨리며 몸을 솟구쳤다.

백자흔은 검이 쑤시고 든 복부를 손으로 움켜잡고 비틀거렸다.

남궁천기의 죽음을 목격한 무사들이 너나 할 것 없이 백자흔을 향해 달려들었다.

베고, 쑤시고, 긁는 각종 병기들이 백자흔을 향해 사방에서 휘둘러졌다.

이때 두 줄기 인영이 날아들면서 백자흔의 좌우의 적을 향해 폭풍 같은 기세로 살수를 날렸다.

크가가강!

크앙! 캉

"으아악!"

"으억!"

"크엑!"

죽은 남궁천기의 시신을 거두러 가던 남궁역중과 그의 옆에 바싹 붙어 따르던 풍사가 신형을 멈칫 세웠다.

날아든 두 인영은 무사들 속에서 단연 군계일학(群鷄一鶴)이었다.

"저희들이 왔습니다, 대주!"

"힘을 내십시오!"

귀면염라 정면과 소혼귀도 장막이었다.

그들보다는 늦었지만 이미 그들의 수하들이 적진 깊숙이

뛰어들어 싸우고 있었다.

갑작스런 별동대의 등장에 남궁세가의 무사들은 당황한 모습을 역력히 드러냈다.

"어떻게 된 거냐? 놈들이 벌써 내원까지 뛰어들다니!"

남궁역중은 불편한 심기를 드러내며 풍사를 꾸짖었다.

풍사가 황급히 허리를 깊이 숙였다.

"송구합니다. 모두 소인의 불찰입니다."

그러나 상황을 이미 읽고 있는 남궁역중이었다. 풍사를 탓할 일이 아니라는 걸 이미 알고 있었다.

"천록마저 나를 실망시키는구나. 내게 이토록 믿을 놈이 없단 말이냐?"

풍사가 고개를 돌려 외쳤다.

"어떻게 된 일이냐?"

그의 외침에 멀지 않은 지붕 위에 있던 무사가 소리쳤다.

"강서이가의 군가들이 갑자기 퇴각하는 바람에 구멍이 생겼습니다! 강서이가의 가주께서 살수에게 당하셨다 합니다!"

남궁역중과 풍사가 화들짝 놀랐다.

"그 친구가… 아뿔싸! 백면서생인 그를 놈들이 노렸구나."

풍사의 표정이 어두워졌다.

"수성의 약점입니다. 수뇌부의 존재가 노출되어 있으니 놈들이 수뇌를 우선적으로 쳐서 혼란을 노린 겁니다."

"맞다. 화천왕가의 가주와 모용세가의 가주 또한 놈들의 표적일 것이다. 현무대(玄武隊)를 끌고 가서 그들을 보호해라."

"소인은 가주님을 지켜야 합니다. 그러니 명을 거두어주십시오."

풍사는 부리부리한 눈을 빛내며 말했다.

남궁역중이 고개를 흔들었다.

"화천왕가와 모용세가가 흔들리면 모든 것이 엉망이 될 것이다. 그 가주들이 이곳에서 죽임을 당한다면 후환도 만만치 않다. 가거라. 난 이곳에서 백자흔과 승부를 볼 것이다."

"가주……."

남궁역중을 바라보는 풍사의 눈에 눈물이 그렁거렸다.

남궁역중이 풍사의 가슴을 떠밀었다.

"가라지 않느냐?"

풍사가 할 수 없이 허리를 숙여 인사했다.

"조심하십시오."

그는 곧장 몸을 돌려 외쳤다.

"주작(朱雀), 청룡(靑龍), 맹호(猛虎)는 가주님을 따르고 현무는 나를 따른다!"

사천호위(四天護衛)라 했다.

남궁세가의 가주를 호위하는 오백여 년이 넘는 전통의 네

줄기 힘 중 하나인 현무대가 풍사를 따라 빠져나갔다.

백자흔의 무리들이 한결 수월해질 것 같았지만 남은 무리들만으로도 그들이 감당하기는 버거웠다.

백자흔은 크게 부상을 입어 이미 몸을 움직이는 게 쉽지 않았으며 백여 명에 불과한 귀면염라 정면과 소혼귀도 장막을 쫓아온 마도의 정예들은 이미 반 이상 죽임을 당한 상태였다.

애초에 천여 명에 달했던 귀면염라 정면과 소혼귀도 장막의 수하들이 오십여 명밖에 남지 않았으니 이들의 희생이 얼마나 컸는지 알 수 있었다.

남궁세가의 성채 전체는 전쟁터와 다름없었으며 벌써 시산혈해(屍山血海)를 이루었다.

정면과 장막은 자신들의 힘으로는 상황을 반전시킬 수 없다는 것을 알고 있었다. 그들의 절망만큼 나무에 등을 기대고 앉아 쉬고 있는 백자흔의 표정도 어두웠다.

"도저히 되지 않는 일이란 말인가… 도저히……."

백자흔은 죽음을 앞둔 사람처럼 숨을 헐떡거렸다.

자미공주가 옆에서 자신의 옷을 찢어 백자흔의 깊은 상처에서 흐르는 피를 지혈하고 있었지만 피는 계속 꾸역꾸역 흘러내렸다.

"나 때문이에요. 나의 어리석음으로 백 대협이 죽는다면 난 염치없어 살아갈 수 없을 거예요. 제발… 살아주세요. 나를 위해서라도……."

그녀의 눈은 얼마나 울었는지 이미 퉁퉁 부어 있었다.

백자흔이 몸을 기울이더니 칼을 손에 쥐었다.

"지금은 울 때가 아니란 말이오. 한 놈이라도 더 해치워야……."

"안 돼요. 이 몸으로 뭘 어쩔 수 있다는 거예요. 이제 하늘의 뜻에 맡겨요. 백 대협께서 할 수 있는 일은 다 했어요. 이젠 쉬어야 해요."

이때 백자흔의 눈이 뭔가에 놀라 동그랗게 커졌다.

"안 돼!"

그는 비명처럼 짧게 외쳤다.

"으아악!"

단말마의 처절한 비명과 함께 허공으로 눈을 부릅뜬 수급 하나가 떠오르는 게 그의 동공에 가득 메워졌다.

소혼귀도 장막이었다.

그의 목을 날린 것은 남궁역중이었다.

본래 아들의 죽음으로 광기에 찬 남궁역중이 백자흔을 향해 다가오고 있었고 이를 막기 위해 소혼귀도 장막이 나섰다가 변을 당한 것이었다.

자신을 붙드는 자미공주를 보며 백자흔은 험악한 표정을

지었다.

"네가 할 수 있는 것은 아무것도 없다. 놔라."

"……."

자미공주는 감히 그의 눈을 마주칠 수도 없었다. 그녀가 본 백자흔의 눈은 그녀가 지금까지 살면서 느낀 세상에서 가장 무서운 공포였다.

정면이 백자흔의 앞을 가로막으며 섰다.

"여긴 내가 맡을 테니 대주는 자미공주를 데리고 피하십시오!"

백자흔이 자미공주를 밀치며 앞으로 나섰다.

"정 선배, 정 선배가 자미공주를 데리고 가시오."

정면이 백자흔을 쳐다보았다.

백자흔도 정면의 눈을 마주쳤다.

두 사람의 눈이 무언중에 많은 얘기를 나누고 있었다.

먼저 상대의 눈을 피한 것은 정면이었다.

백자흔이 그제야 고개를 돌려 남궁역중을 응시했다.

"개망나니 아들도 아들이라고 내게 복수를 하겠다는 거요?"

남궁역중이 이를 부드득 갈았다.

"이놈! 천하에 어느 아비가 아들의 죽음에 아무렇지 않을 수 있단 말이냐?"

백자흔이 기가 막히다는 듯 웃었다.

"하하… 당신이 지은 죄가 천하에 사무쳤거늘 당신의 죄는 보이지 않고 나에 대한 미움만 토로한단 말이오?"

남궁역중이 손에 든 검을 굳게 움켜잡았다.

"오늘 이곳에서 네놈의 목숨을 내 손으로 거두지 못한다면 내 다시는 하늘을 보며 살지 않을 것이다."

"어차피 하늘을 보지 못하게 될 거요. 내가 오늘 이곳에 온 것은 당신들 삼부자를 모조리 죽이기 위해서이니."

"성치 않은 몸으로 큰소리는 잘도 치는구나."

"당신들 삼부자는 상대의 약점을 찾아내기 전에는 웬만해선 검을 뽑아 들지 않지 않소. 그래서 내가 약점을 보인 거요. 도망가지 말고 싸워달라고."

"이놈!"

남궁역중은 화가 머리끝까지 뻗쳤다.

그는 검을 곧추세워 휘두르며 달려왔다.

백자흔이 남궁역중의 일격을 몸을 휘청거리면서 피하며 정면에게 소리쳤다.

"정 선배! 어서 가시오!"

정면은 그의 외침에 반사적으로 몸을 돌려 자미공주의 손목을 잡았다.

"갑시다."

"이대로 백 대협을 두고 갈 수는 없어요! 나만 갈 수는 없다고요!"

자미공주가 정면의 손을 뿌리쳤지만 완곡하게 틀어잡은 그의 완력을 당해낼 수는 없었다.

정면이 자미공주를 쳐다보며 말했다.

"가야 하오. 공주가 여기 있는 건 대주에게 짐이 될 뿐이오. 아직도 그걸 이해하지 못하겠소?"

자미공주의 눈에는 눈물이 글썽거렸다.

"저 몸으로 싸우는 건 가당치 않아요. 죽게 될 거라고요. 차라리 함께 죽겠어요."

정면이 반항하는 그녀를 번쩍 들어 어깨에 들쳐멨다.

"꺄악!"

자미공주는 소리를 질렀지만 그녀의 외침은 어느 누구의 관심도 받지 못했다.

백자흔은 이미 남궁역중과 싸움을 시작했고, 다른 자들은 다른 자들끼리 서로 치열한 생사를 경합할 뿐이었다.

정면이 자미공주를 들쳐메고 신형을 솟구치며 외쳤다.

"대주! 내가 돌아올 때까지 버티십시오! 버티셔야 합니다!"

그의 신형이 빠르게 사라졌다.

第三十八章　사랑을 찾는 희생(犧牲)

　모용혜는 무복(武服)으로 갈아입은 지 이미 오래였지만 아직 출전을 결정하지 못하고 회랑에 서 있었다.

　황제가 직접 출전해 왔다는 얘기도 들여왔고, 강서이가의 가주가 죽임을 당했다는 소식도 들렸다.

　가세가 크게 기운 이후라 모용세가의 군사들은 예전 같지 않다고는 하지만 전세에 영향을 주지 못할 만큼 미미하지도 않았다. 그녀의 결정에 따라 전세가 바뀌지는 못한다 해도 분명히 영향을 줄 수는 있었다.

　그녀의 생각은 천근벽해 목곽에 대한 것으로 가득 찼다.

　그녀의 얼굴에 번민의 표정이 역력했으며 그 표정은 고통스러워 보이기까지 했다.

　갑자기 모용혜가 고개를 쳐들었다.

　"왔느냐?"

　"……."

　그러나 대답은 들리지 않았다.

　모용혜가 허공에 대고 말을 이었다.

　"날 죽이려 왔느냐? 백자흔이 그리 시키더냐?"

　그녀의 말이 맺어지고 한숨 돌아간 후에 회랑의 천장으로부터 가냘픈 목소리가 들렸다. 음성은 가늘었지만 차가웠다.

　"백 대주는 아무것도 지시하지 않았습니다. 오히려 목 대협께서 소녀에게 모용가주를 지켜줄 것을 간곡하게 말씀하셨습니다."

　소소, 흑나찰 소소였다.

　모용혜의 표정이 더욱 고통스러워졌다.

　"나를 부탁했다고……?"

　"목 대협은 일편단심으로 모용가주를 사랑합니다. 난 그 마음을 이해할 수 있습니다. 그래서 소녀에게 도움을 청했을 겁니다."

　"너도 사랑의 고통을 앓고 있느냐? 그렇지. 네가 오래전부터 백자흔을 흠모했던 것을 우리 모두가 알고 있는 일이었지.

그래, 그렇구나."

"옳고 그름은 명백하지 않습니다. 모용가주께서 어떤 선택을 내리든 어느 것이 옳은지 어느 것이 그른지 우린 알 수 없습니다. 하지만 목 대협에 관한 마음이 내리는 결정이라면 어떤 것이 옳은 결정인지 그것은 모용가주도 소녀도 익히 알고 있습니다. 사랑을 버리지 마십시오."

"요망한 년, 네가 감히 나한테 충고를 하는 것이냐. 차라리 내 목에 칼을 들이대라."

이때 그녀의 표정이 무언가에 놀란 빛을 띠었다.

그녀의 맞은편에서부터 한 사람이 어깨를 당당히 하고 걸어오고 있었다.

걸어온 자는 모용혜 앞에 이르러 곧장 가볍게 머리를 숙였다.

"계집은 속하가 맡을 것입니다. 그러니 가주께서는 안심하셔도 될 것입니다."

이미 흑나찰 소소의 존재를 아는 말이었고, 그렇게 말한 자는 다름 아닌 곤룡혈귀 음유였다.

모용혜는 조용히 음유를 쳐다보았다.

"내가 네게 공경을 받을 자격이 되느냐?"

음유는 고개를 숙이며 대답했다.

"속하는 이미 오대세가의 가주로서의 자격을 잃었습니다.

지금은 남궁 대주를 모시고 있으니 모용가주님을 속하가 모시는 건 당연한 일입니다."

모용혜의 입꼬리가 살짝 위로 말려 올라갔다.

"내가 만일 모용세가의 가주가 아니라면?"

"무슨 말씀인지 알아듣지 못하겠습니다."

"남궁천록의 여자만으로 네게 공경받을 수 있다고 묻는 것이다."

음유가 가늘게 웃었다.

"이제야 무슨 뜻인지 알겠습니다. 하지만 그건 불가능한 것 아닙니까? 남궁 대주께서는 부마도위가 되실 분인데……."

"그래. 이제야 나도 현실을 직시할 수 있게 되었구나."

그녀의 손이 옆구리에 찬 칼을 향해 뻗었다.

"나도 더 이상 남궁천록을 원하지 않으니."

쩡.

모용혜는 칼을 뽑았다.

음유는 의외라는 듯 조용히, 그리고 대담하게 모용혜의 날카로운 칼끝을 바라보고 있었다.

"모든 게 무너져도 좋다는 겁니까? 오래도록 지켜온 것들이 많으실 텐데."

"썩은 것들이지. 썩은 재산이고 썩은 관념들이야. 새로운 것들이 마음에서 피어나고 있다."

"이러시는 게 목곽 때문입니까? 목곽 때문이라면 차라리 나를 거두는 게 낫지 않겠습니까? 사실 지금의 모용가주에게 나만큼 필요한 놈이 있겠습니까? 나와 맺어진다면 모용세가 의 미래가 훤해질 겁니다."

"……"

모용혜는 말없이 음유를 쳐다보았다.

음유의 제의가 딱히 틀린 말은 아니어서 생각해 볼 가치는 있었다. 이번 싸움에서, 혹은 앞으로의 세가의 다툼에서 곤룡 혈귀 음유와 같은 자를 끌어들인다면 모용세가는 큰 득을 볼 수 있었다. 그러나 그만큼 위험한 자였다. 그가 얼마나 위험 한 인물인지는 천하가 다 아는 일이 아닌가.

모용혜는 천천히 한숨을 몰아쉬었다.

"용도의 가치보다 우선하는 건 신의다. 넌 믿을 수 없는 자 로 낙인찍힌 자가 아닌가? 내 발등을 스스로 찍을 만큼 내가 어리석지 않다."

음유가 징그럽게 웃었다.

"흐흐흐… 그렇다고 달리 방도가 있는 것도 아니지 않습니 까. 저 살수 년이 이곳까지 숨어들 수 있었던 건 내가 저 계집 이 이곳으로 올 것을 짐작하고 있었기 때문입니다. 아니면 어 찌 저 계집의 숨이 아직까지 붙어 있어 여기까지 제 발로 올 수 있었겠습니까. 내가 저 계집으로부터 모용가주의 목숨을 구하고 말고는 모용가주의 뜻에 달렸습니다."

모용혜의 표정이 갑자기 밝아졌다.

"그렇더냐. 그렇다면 네 도움 따위 필요없으니 당장 꺼지도록 해라."

음유의 웃음은 더 징그러워졌다. 그는 오히려 모용혜를 향해 성큼성큼 다가왔다.

"모용가주께서 가란다고 가고 오란다고 올 사람이 아닙니다. 내가 곤룡혈귀 음유라는 걸 잊었습니까."

모용혜가 칼을 곧추세웠다.

"내가 강호에서 왜 날수염도라는 별호를 얻었는지 아느냐?"

그녀의 신형이 땅을 박차고 음유에게 날아가며 칼을 그의 목줄기를 향해 휘둘렀다.

"감히 누구에게 수작을 부리느냐?"

카앙!

음유는 선 자세 그대로 칼을 뽑아 모용혜의 칼을 쳐냈다.

간결하고 명료한 그의 동작이 얼마나 빨랐는지 모용혜는 자신의 눈을 의심했다.

비록 단 한 수를 나누었을 뿐이지만 모용혜는 자신이 음유의 상대가 되지 않는다는 걸 절감했다.

그녀는 비로소 두려움에 차 떨리는 음성을 열었다.

“소소, 날 도와주겠느냐?”

방향을 잘 알 수 없는 곳에서 소소의 음성이 들렸다.

“내가 그의 등을 노리고 있다는 걸 그도 알고 있으니 그는 전력으로 모용가주를 상대할 수 없을 거예요.”

“그렇구나.”

모용혜는 말과 함께 숨을 크게 내쉬며 호흡을 가다듬었다.

“간다!”

그녀의 신형이 다시 땅을 박차고 음유를 덮쳤다.

카가가가강!

모용혜의 공격이 연이어졌지만 음유는 소소의 암수를 우려한 때문인지 수세를 지켰다.

그의 조심스러운 모습이 모용혜의 사기를 진작시켰다.

“이제야 알겠느냐? 그녀는 날 해치러 온 것이 아니라 날 지키러 온 것이다!”

“적과 내통하고 있는 줄은 몰랐구나. 흐흐… 그래서 남궁 대주께서 네년의 일거수일투족을 잘 살피라 했군.”

“그랬느냐?! 그놈이 교활하기 짝이 없어 사람을 잘 믿지 못하지만 나도 믿지 못하는 줄은 몰랐구나!”

“남궁 대주께서는 네년이 목곽과 만나 잠자리를 같이한 사실도 알고 계시다. 그러니 네년을 믿지 못할 밖에.”

“이것으로 모든 것이 분명해졌구나. 내가 어떤 길을 가야 할 것인지!”

흥분한 모용혜의 공격이 더 날카롭고 신랄해졌다. 그럼으로 해서 그녀의 약점 또한 쉽게 노출되었지만 음유는 쉽사리 그녀의 약점을 공격하지 못했다.

그의 등을 노리고 있는 게 천하제일의 살수 집단 사망탑의 최고가는 살수라는 건 아무리 천하의 음유라 해도 어지간히 꺼림칙한 게 아니었다.

이때 칼부림 소리를 들은 무사들이 달려왔다.

모용세가의 호위무사들이었다.

그들은 삽시간에 달려들어 음유를 에워쌌다.

모용혜는 그제야 안도의 숨을 몰아쉬었다.

“음유, 이제 네 꼬락서니를 다시 생각해 봐야겠구나.”

음유는 가슴을 펴면서 주위의 무사들을 한차례 훑어보았다.

“이런 오합지졸들을 데리고 다니니 모용세가가 우습게 보일 밖에 더 있느냐? 그나마 싸움을 할 줄 아는 놈들은 다 백자흔에게 당했다는 말이 사실인 게지.”

“……”

“그런데도 네년은 이제 백자흔과 붙어먹겠다는 거냐?”

모용혜가 냉소를 머금더니 우수를 위로 쳐들었다.

“쳐라.”

그녀의 우수가 지시를 내리며 아래로 떨어지자 모용세가
의 무사들이 득달같이 음유를 향해 병장기를 휘두르며 달려
들었다.

"이야아!"

"으아아!"

음유는 가소롭다는 듯 시답지 않게 그들을 쳐다보며 신형
을 튕겼다.

그가 움직이고 그의 칼이 허공에서 춤은 추자 삽시간에 서
너 명의 무사가 단말마의 처절한 비명을 질렀다.

"으악!"

"커억!"

"케엑!"

모용혜가 소리 높여 외쳤다.

"물러서지 마라! 놈을 죽여라!"

카앙! 카아앙!

주위는 아수라장이 되었다.

살이 베어지고 피가 튀었지만 그 비명과 죽음은 모용세가
무사들의 것이었다.

족히 백여 명에 이르는 무사들이었지만 음유는 그 속에서
춤을 추듯 자신의 빼어난 무용을 자랑했다. 강호에 자자하게
정평이 난 그의 신랄한 칼 앞에 무사들은 그저 베어지기 위해

튀어나온 여린 우후죽순(雨後竹筍)이었다.

음유는 칼을 휘둘러 무사들을 베며 모용혜와의 거리를 좁혔다.

한 걸음 거리까지 좁힌 그의 신형이 한순간 땅을 박차고 솟아올랐다.

그리고 그는 깨달았다.

잊었다.

한순간 잊고 말았다.

푸욱!

그의 등줄기를 깊이 찌르고 들어오는 검의 느낌은 뜨거운 불덩이 그 자체였다.

음유는 허공에서 몸을 뒤틀면서 반사적으로 칼을 휘둘렀다.

휘둘러지는 칼 앞에 소소의 그림자가 보였다.

"으아악!"

소소는 비명과 함께 허공에서 떨어져 내렸다. 그러나 떨어지는 건 그녀만이 아니었다.

음유의 신형 또한 입에서 피와 함께 고통스런 신음을 흘리며 떨어져 내렸다.

모용혜가 발악하듯 소리쳤다.

"소소!"

털썩!

음유와 소소의 신형이 땅에 떨어졌다. 모용혜가 달려들어 음유의 심장에 칼을 꽂았다.

푸욱!

"커억!"

음유의 상체가 갓 잡은 물고기처럼 꿈틀거리며 입에서 붉은 피를 분수처럼 쏟아냈다.

모용혜는 음유의 심장에 박은 칼을 그대로 놓은 채 몸을 돌려 소소에게 달려갔다.

"소소!"

얼른 보아도 소소가 입은 상처는 치명적임을 알 수 있었다.

허리가 반쯤 잘라져 피와 창자가 뒤엉켜 꾸역꾸역 흘러나왔다.

모용혜가 받쳐 안자 소소는 입가에 희미한 웃음을 떠올렸다.

"배… 백 대주를 도… 도와줄 거죠? 그렇죠?"

모용혜가 눈물을 머금고 고개를 끄덕였다.

"그, 그래… 네… 네가 그리해야 한다면……."

소소의 음성이 점점 가늘어졌다.

"어… 어서요… 초… 촌각을 다퉈요… 제… 제발……."

툭.

그녀의 목이 한쪽으로 떨어졌다.

모용혜가 분연히 자리를 박차고 일어섰다.

"모용세가의 무사들은 듣거라! 지금부터 우리가 남궁세가를 접수한다! 그리고 일러라! 우린 백자흔의 군사가 되었다고!"

"……."

"……."

"가라!"

그녀의 명이 떨어지자 무사들은 함성을 지르며 달려갔다. 뒤늦게 달려온 모용세가의 무사들 오백여 명이 합세하여 큰 물결을 이루었다.

모용혜는 우두커니 선 채 나직이 혼잣말을 중얼거렸다.

"너무 늦은 선택이다… 결정이 좀 더 빨랐어야 했는데……."

＊　　　　＊　　　　＊

백자흔은 피투성이였다. 그 자신이 흘린 피로 온몸이 후줄근하게 젖었다.

땀은 그 위에서 범벅이 되었다.

남궁역중은 쉬운 상대가 아니었다. 그의 무예는 세상에 드러나 있지 않았지만 그의 무예가 남궁천록에게 전해져 천하를 뒤흔든 것만으로도 그가 절대고수임을 짐작할 수 있는 일이었다.

카앙!

남궁역중은 계속 검을 휘둘러 백자흔을 몰아붙였고, 백자흔은 숨을 헐떡이며 그의 검을 위태위태하게 막아냈다.

결정적인 단 한 번의 기회를 엿보기 위해 백자흔은 한 모금의 호흡을 참고 있었다.

남궁역중은 젖 먹던 힘을 다해 검을 내려쳤다.

크앙!

검을 막는 백자흔의 칼에는 이미 힘이 없었다. 남궁역중이 검을 내려칠 때마다 백자흔의 발이 땅에 처박히며 그의 올려 막은 칼 또한 점점 아래로 처졌다.

남궁역중은 검에 힘을 주어 막고 있는 칼을 눌렀다.

칼은 점점 아래로 처져 백자흔의 목 가까이까지 붙여졌다.

이대로라면 스스로의 칼에 목이 벨 운명에 처한 백자흔이었다.

남궁세가의 무사들은 그 주위를 에워싼 채 마지막 결전을 지켜보고 있었다.

백자흔에게 희망은 없어 보였다. 요행히 남궁역중과의 싸

움을 이겨도 그의 지금 몸 상태론 그를 둘러싸고 있는 많은
무사들을 헤치고 나가는 건 불가능했다.

"끄응."

검을 내리누르는 남궁역중의 얼굴에 굵은 땀방울이 송골
송골 맺혔다.

무사들 중 하나가 거들면 간단하게 끝날 일이었지만 그들
은 남궁역중의 눈치를 볼 뿐이었다.

남궁역중이 도움을 원하지 않는다는 것을 알고 있었다. 아
들을 잃은 분노와 복수인데 누군들 자신의 손으로 끝내고 싶
지 않으랴.

이때 갑자기 무사들의 뒤쪽에서 요란한 함성이 들렸다.

"으와아아아!"

무사들이 고개를 돌리다 말고 저마다 떠들었다.

"뭐야? 노예들 아니야?"

"저놈들이 미쳤나?"

곡괭이와 호미, 쇠스랑, 도리깨 등을 들고 달려오고 있는
무리들은 분명 노예들이었다. 그것도 남궁세가의 노예들이
었다.

"황제까지 왔으니 우리들에겐 이게 절호의 기회이자 마지
막 기회요!"

"모두 자유를 찾읍시다!"

"자유를 찾자!"

노예들은 억누르고 참아두었던 모든 분노를 한꺼번에 터뜨렸다.

그 숫자가 워낙 많아 무사들도 당황한 표정이 역력했다.

본래 어마어마한 전답을 가진 남궁세가이고 보니 그들이 데리고 있는 노예들도 어느 세가보다 많을 터였다.

어림잡아도 수천에 이르는 노예들이 한꺼번에 몰려들고 있었다.

무사들이 노예들을 마주쳐 갔다. 무예에서 비교가 되지 않지만 노예들은 겁을 내지 않았다. 자유에 대한 오랜 갈망이자 숙원은 그들에게서 두려움을 빼앗아갔다.

두려움이 없는 분노가 무사들과 마주치며 힘을 발휘했다.

퍼억! 퍽!

"으악!"

"크에엑!"

무사들은 비명을 지르며 흩어졌다. 그들은 녹봉을 받는 호위무사들에 불과했다. 명분이 부족한 그들은 죽음을 피해 도망치기에 이르렀다.

도망치는 꼴을 본 노예들의 사기가 하늘을 솟구쳤다.

"봐라! 놈들이 도망간다!"

"쫓지는 마라! 저놈들도 따지고 보면 불쌍한 놈들이다!"

"황제를 모셔라! 남궁세가를 우리 노예들이 접수했음을 폐하에게 알려라!"

"으와아!"

"와아!"

함성은 남궁세가 어느 곳에서나 들을 수 있었다.

남궁역중은 백자흔을 내리누르며 이를 악물었다.

"이게 다 네놈 때문이라니… 네놈 하나 때문에 이 지경이 되다니… 믿을 수 없는 일이다……. 그러나 이 지경이 된 것을 어찌하랴. 내가 네놈과 저승길을 동반할 것이다."

백자흔은 이를 악물고 버텨냈다. 힘을 쓸 때마다 그의 상처에서는 붉은 피가 울컥울컥 흘러나왔다.

"지독한 놈……."

이미 지치기 시작한 남궁역중이 안간힘을 쓰면서 이를 갈았다.

백자흔의 등이 벽에 기대어 있지 않았다면 그는 이미 이 세상 사람이 아니었을 것이다.

남궁역중이 얼굴을 벌겋게 한 채 중얼거리듯 말했다.

"네가 이긴 거나 다름없다. 강호오대세가가 너 한 사람을 어찌지 못하고 이 꼴이 되었으니 네가 이겼다. 그러나 너도 이곳에서 최후를 맞아야 한다. 네가 이 땅에서 숨을 쉬고 있다면 내가 원통하고 분통해서 저승길에 오르지 못하고 구천을 떠돌 테니까 말이야.”

이때 그들 앞으로 무언가 날아왔다.

쿵.

바닥에 떨어진 무언가가 남궁역중의 발밑으로 데굴데굴
굴러왔다.

그 정체를 확인한 남궁역중의 동공이 화등잔만 해졌다.

“풍사…….”

귀면염라 정면이었다.

그가 돌아온 것이었다. 돌아오는 길에 풍사의 목을 거두었
으며.

정면이 남궁역중을 향해 다가가자 남궁역중은 눈알을 빠
르게 굴렸다.

다급한 상황이라 빠른 판단을 필요로 했다.

텅.

그는 백자흔의 칼을 밀치며 그 반탄력을 이용해 신형을 뒤
로 튕겼다.

백자흔의 목숨을 거두는 것보다 자신의 살길을 도모했다.

그 순간 백자흔은 마지막 한 호흡의 숨으로 몸을 일으켰다.
그의 신형이 떨어져 나가는 남궁역중을 향해 달라붙었다.

그리고 칼.

시퍼런 서슬을 휘날리며 그의 칼이 허공에서 크게 파공성

을 일으켰다.

후웅…….

"으아악!"

남궁역중의 목이 피분수와 함께 허공으로 떠올랐다.

천하를 도탄에 빠뜨린 원흉의 죽음도 다른 자들과 다르지 않았다.

그저 외마디의 처절한 단말마였다.

굴러온 남궁역중의 머리통을 정면이 발로 밟아 멈추어 세웠다.

"날 선 칼 앞에서는 누구나 평등하지. 칼은 사람을 차별하지 않거든. 내가 무사가 된 뜻이야. 이 땅의 제도가 만들어낸 허울을 믿고 날뛰는 자들을 응징하기 위해서. 권력이 아무리 대단해도 권력을 쓰는 자의 목숨이 둘은 아니거든."

퍽!

그의 발이 남궁역중의 머리통을 찼다. 날아간 머리통은 단단한 돌기둥에 부딪치며 또 한 번 수난을 당했다. 머리통이 깨져 뇌수가 흘러나왔다.

정면이 고개를 돌려 백자흔을 향해 말했다.

"안 그렇습니까, 대주?"

백자흔이 그를 보며 입가에 희미한 미소를 띠었다.

그러나 미소와 함께 그의 입술을 비집고 흘러나오는 것은 뜨거운 핏물.

"대주?!"

정면이 놀란 얼굴로 백자흔에게 뛰어갔다.

백자흔의 몸이 썩은 고목나무처럼 꼿꼿하게 자빠지고 있었다.

쿵!

정면이 달려들어 백자흔의 상체를 세워 가슴에 안았다.

"얼굴이 너무 창백하잖아. 숨결도 미약하고… 이거 큰일 났는걸."

남궁세가의 노예들은 남궁역중의 수급을 발로 찬 것으로 그를 같은 편으로 이미 인식하고 있었다.

그들이 백자흔의 상태를 살피며 저마다 염려스러운 듯 한마디씩 했다.

"이분이 백자흔 대협 맞죠?"

"어쩌나. 중상을 입으신 모양인데… 우리 중에 의원도 없고."

의원이란 말에 정면이 백자흔을 품에 안고 벌떡 몸을 일으켰다.

"이 소저를 찾아야 돼! 그래, 이 소저를……."

그는 신형을 박차고 장내를 떠났다.

　　　　　*　　　　*　　　　*

　남궁천록과 목곽의 싸움은 백중지세(伯仲之勢)로 우열을 가릴 수 없었다.

　남궁천록은 간간이 주위의 분위기를 살펴볼 만치 여유가 있었지만 그 정도 여유가 목곽을 압도한다고 볼 수는 없었다.

　다만 목곽이 전력을 다하고 있고, 남궁천록은 전력을 기울이면서도 한 호흡 정도의 여력을 남기고 있는 정도였다.

　카앙!

　목곽의 만근봉이 남궁천록의 검을 때렸다.

　남궁천록은 비틀거리며 뒤로 물러섰다. 손목이 시큰거려 하마터면 검을 놓칠 뻔했다.

　목곽이 재차 만근봉을 휘두르며 덮쳐 왔다.

　남궁천록의 머리를 노리고 내려쳤고, 남궁천록이 피하자 만근봉은 빈 허공을 지나 맨땅을 때렸다.

　꽈앙!

　뒤로 훌쩍 물러선 남궁천록이 숨을 고르며 말을 건넸다.

　"넌 누가 뭐래도 강호오대세가의 후예다. 어찌하여 너 같은 놈이 백자흔과 어울릴 수 있는지 이해가 가지 않는다."

　목곽이 심드렁한 표정으로 남궁천록을 쳐다보았다.

"너 같은 놈은 이해하지 못하는 게 당연해. 넌 세가의 자제들 외에는 어떤 무리들과도 어울리지 못하지. 넌 네가 밑이라 깔보는 부류와 어울리면 네 자신에게 흠이 생긴다고 여기는 놈이니까. 계집을 대하는 네 태도를 보면 더 명백해지지. 기녀들은 천하고 더럽다고 생각하는 게 네놈 아닌가? 그래서 내 여자를 건드렸지. 나와 친구를 자처하던 네놈이 친구의 여자를 건드린 거야. 네놈의 그 징그러운 결벽증 때문에."

"말은 바로 해야지. 내가 건드린 게 아니라 그녀가 온 거다."

"아가리를 찢어놔도 바른말은 안 할 놈이로군! 네놈이 모용세가의 약점을 자꾸 파서 그녀에게 빌미를 제공했잖아! 네놈에게 기댈 수밖에 없도록!"

목곽은 화가 치밀어 목청을 높였다.

남궁천록은 유들유들하게 웃었다.

"어쨌든 내가 옷을 벗긴 게 아니라 그녀가 스스로 옷을 벗었다니까."

"죽인다!"

목곽이 신형을 박차고 허공으로 떠올랐다.

분노가 극에 달한 그의 만근봉이 태산이라도 일거에 부술 듯한 위력을 담고 남궁천록의 머리통을 향해 내려쳐졌다.

이때 목곽의 귀로 날카롭고 째지는 비명 같은 외침이 들렸다.

"미쳤어요! 놈의 격장지계에 말려들었잖아요!"

아차!

목곽은 소리를 내지는 못했지만 자신이 결정적인 실수를 했다는 것을 깨달았다.

남궁천록은 이미 만근봉의 공격 밖으로 벗어나 있었고 그의 분노한 일격은 힘을 거두어들일 수 없었다. 자신의 약점을 그대로 남궁천록에게 노출시킨 셈이었다.

벌써 뒤로 물러섰던 남궁천록의 신형이 검을 앞으로 쭉 뻗으며 날아오고 있었다.

절체절명!

흉부를 향해 찔러오는 검을 목곽은 막을 방도 없이 두 눈을 뜨고 지켜볼 수밖에 없었다.

이때 인영 하나가 남궁천록의 찔러드는 검 앞으로 뛰어들었다.

푸욱!

검은 인영의 몸을 꿰뚫고 튀어나왔다.

놀란 것은 목곽만이 아니었다.

남궁천록도 순간 당황한 모습이었다.

뛰어든 인영, 모용혜는 남궁천록이 찌른 검날을 두 손으로 움켜쥐고 소리쳤다.

“이때예요! 그를 쳐요!”

남궁천록은 검을 빼려고 했지만 모용혜는 완강하게 버텼다. 손이 다 찢어지고 헤집어졌지만 그녀는 결사적으로 검날을 잡고 버텼다.

목곽이 정신을 차리고 반사적으로 만근봉을 하늘 높이 뻗어 올렸다.

“간다!”

후웅!

바람을 가르는 웅휘한 파공성과 함께 목곽의 만근봉은 남궁천록의 머리 위에서 벼락 소리를 내며 작렬했다.

쫘앙!

“으아악!”

남궁천록은 두개골이 깨져서 단말마의 비명을 지르며 최후를 맞았다.

그의 무너지는 몸을 뒤로하고 목곽은 있는 힘을 다해 모용혜를 끌어안았다.

“혜 매!”

“으윽⋯⋯.”

남궁천록의 머리통이 부서진 것을 확인한 모용혜도 손에 움켜쥔 검날을 그제야 놓았다.

“혜 매⋯⋯.”

목곽의 두 눈에서 닭똥 같은 눈물이 뚝뚝 떨어졌다.

모용혜가 힘들게 손을 뻗어 목곽의 눈에 흐르는 눈물을 닦아주었다.

"울지 말아요… 날 위해 아무것도 하지 말아요… 당신의 사랑을 외면한 죄를 받은 거예요……. 차라리 날 미워하는 게 내 마음이 편하다구요……."

"그런 말이 어디 있어. 살아야 해… 이렇게 죽어선 안 돼……."

"조… 좋은 여자 만나요……. 세상에 널린 게 여자인걸요. 아무려면 나보다 나은 여자가 없겠어요. 난 별로 예쁘지도 않고 심성도 곱지 않잖아요……."

"혜 매… 으허어엉… 허어엉……."

목곽은 구슬프게 울었다. 마치 짝을 잃은 큰 곰이 우는 것 같았다.

모용혜는 그의 품속에서 체온을 잃어갔다. 점점 차가워지는 그녀를 그는 보온하기라도 하듯 끌어안은 채 점차 울음을 높였다.

등 뒤로 다가서는 사람이 있었지만 그는 큰 울음과 오열만 계속할 뿐이었다.

"그만 울게. 내 가슴이 다 찢어지지 않나."

목곽이 그제야 울던 얼굴을 돌려 상대를 쳐다보고는 소스라치게 놀란 표정을 지었다.

"폐… 폐하."

황제였다.

어디선가 시작된 외침이 점점 커지며 사람들의 입에서 입
으로 전해졌다.

"悠悠昊天(유유호천) 曰父曰且(왈부왈차)!"
넓고 높은 저 하늘 백성의 어버이라 누가 말했던고!

"無罪無辜(무죄무고) 亂如此憮(난여차무)!"
내 무슨 죄를 업고 이 난리에 이 고생인가.

"昊天己威(호천기위) 予愼無罪(여신무죄)!"
무서워라, 저 하늘 죄가 없는 이 몸이건만,

"昊天泰憮(호천태무) 予愼無辜(여신무고)!"
크고 넓은 저 하늘 나에겐 죄가 없다네.

"亂之初生(난지초생) 僭始旣涵(참시기함)!"
거짓이 행세하는 곳에 민란은 일어나고

“亂之又生(난지우생) 君子信讒(군자신참)!”
난이 난을 일으킴은 임금이 간신을 믿으셨기 때문!

“君子如怒(군자여노) 亂無巡沮(난무천저)!”
임은 사악한 것을 진노하라! 난은 즉시 그치리라!

“君子如祉(군자여지) 亂庶巡己(난서천기)!”
임의 복지 백성에 내리시면 난은 잊은 듯 걷히리라!

　황제가 목곽을 일으켜 가슴에 안았다. 가슴에 안은 목곽을 바라보며 그는 울먹이듯 말했다.
　“아직도 난 백자흔의 행방을 알 수 없네. 이 지옥 같은 전장에서 도무지 그가 어디 있는지 찾을 수가 없어. 죽었는지 살았는지 생사조차도…….”
　목곽이 애써 울음을 참으며 말했다.
　“놈은 살아 있을 겁니다. 아무렴요. 어떤 지옥이 놈의 목숨을 거둘 수 있겠습니까. 살아 있을 겁니다. 살아 있을 겁니다.”
　“그럴 거야… 그럴 거야…….”
　황제는 안심이 된다는 듯 중얼거렸다.
　“폐하.”

들리는 음성에 황제가 고개를 돌렸다.

"폐하!"

자미공주가 그를 향해 달려오고 있었다.

황제가 자미공주를 품에 안으며 호들갑스럽게 떠들었다.

"어떻게 된 거냐? 어떻게 된 거야? 네가 무사한 걸 보게 되다니……."

자미공주가 고개를 들어 황제를 올려다보며 말했다.

"백 대협이었어요. 그분이 절 구하기 위해… 전 이렇게 살았지만 그분은 생사를 알 수 없어요."

"어딥니까?"

목곽이 무거운 표정으로 자미공주에게 질책하듯 물었다.

第三十九章 난세(亂世)의 영웅(英雄)이었으나…

黑道戰士

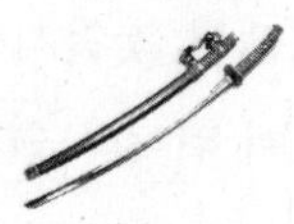

　이가소는 남궁세가의 성채를 공격하는 무리들의 후진에 있었다.

　그녀가 맡은 건 공격이 아니라 속출하는 부상자들의 치료이기 때문이다.

　수많은 사람들이 다쳤고, 환자들은 손을 쓸 겨를도 없이 후송되어 왔다.

　다친 사람보다 죽은 사람이 더 많은 것이라는 건 굳이 보지 않아도 알 수 있었다.

　끔찍한 일이었다.

환자들을 일일이 돌볼 새도 없이 그녀는 후송되어 온 환자들을 지혈하는 것만으로도 눈코 뜰 새 없었다.

온몸이 땀으로 범벅되어 젖었지만 그녀는 한 사람이라도 더 살리기 위해 정신없이 뛰어다녔다.

불구문의 문주 독각비응 손벽이 그녀를 찾아온 것은 그때였다.

"여기 계셨군요. 정 대주께서 이 소저를 정신없이 찾고 있습니다."

이가소는 정면의 얼굴을 떠올리는 동시에 백자흔의 얼굴을 떠올렸다.

"어디예요?! 어디에 있어요?!"

그녀는 소리치며 손벽의 등을 밀었다.

손벽은 상황을 설명할 새도 없이 떠밀려 그녀를 데리고 갔다.

정면과 정면의 수하들이 무언가를 지키기 위해 물샐틈없이 경계를 서고 있었다.

이가소는 비명 같은 악다구니를 터뜨리며 그들이 지키는 한 채의 창고로 뛰어들었다.

"비켜요!"

안에 들어서자 정면이 백자흔을 바닥에 누이고 상세를 살피고 있는 모습이 그녀의 눈에 들어왔다.

이가소는 혼이 나간 사람 같았다.

"아무도… 아무도 들여보내면 안 돼요. 알았죠?"

"알겠습니다."

정면이 공손하게 대답하며 몸을 일으켰다. 그가 비켜선 자리를 이가소가 재빨리 차지했다.

그녀가 백자흔의 상세를 살피고 있을 때 밖에서 시끄러운 소리가 들렸다.

"이놈들아! 들어가야 한다지 않느냐?"

"아무도 못 들어갑니다!"

"비켜라!"

이가소가 황급히 고개를 돌려 문 앞에 서 있는 정면을 쳐다보았다.

정면이 이가소를 바라보며 명을 기다렸다.

"들여보내세요. 저희 신수궁의 궁주님이십니다."

정면이 밖을 향해 우렁차게 외쳤다.

"들여보내라!"

마령선인이 정면의 앞을 지나쳐 허둥지둥 안으로 들어섰다.

"어디 보자. 얼마나 다친 거냐?"

이가소의 표정이 어두웠다.

"기경팔맥(奇經八脈)이 모두 뒤엉켰어요. 살아 있는 게 아니라 죽어가고 있어요."

"침착해라."

마령선인은 말과 함께 꽤나 느긋한 모습을 보이려는 듯 가부좌를 틀고 백자흔 앞에 앉았다.

손목을 당겨 눈을 감고 진맥하는 그의 얼굴은 평온하고 냉정했다.

이가소는 꿀 먹은 벙어리처럼 마령선인과 백자흔의 얼굴을 번갈아 쳐다보았다.

얼마나 시간이 지났을까?

마령선인이 눈을 뜨며 품 안에서 침합을 꺼내 들었다.

그는 침합을 이가소에게 건넸다.

"내가 이르는 대로 침을 놓거라."

이가소가 침합을 받으며 그의 앞에 공손하게 무릎을 꿇고 앉았다.

"살 수는 있습니까?"

마령선인이 빙그레 웃었다.

"살고 죽는 게 어디 의원의 뜻이겠느냐? 의원은 할 수 있을 만큼 하면 되는 것이고, 살아야 할 놈은 이놈 자신이니 스스로 의지를 가졌는지 물어볼 밖에."

"살 수 있는 거로군요."

이가소가 희색을 띠며 물었지만 마령선인은 거두절미하고

본론으로 들어갔다.

"백회(百會) 두 푼……."

이가소가 침을 든 채 흠칫 놀란 표정을 지으며 마령선인을 쳐다보았다.

"하지만 백회는 사혈 중의 사혈인데……."

마령선인은 아예 눈을 감아버렸다.

"총회(聰會) 일 푼, 청명(晴明) 사 푼……."

두상과 얼굴에 혈이 집중되어 있었다.

몸은 성한 곳이 없으니 혈을 찾기도 쉽지 않았다.

정면이 들어와 우두커니 선 채 한쪽에서 숨죽이고 지켜보고 있었다.

시술은 한 식경이나 계속됐다.

백자흔은 미동도 하지 않은 채 누워 있었다. 얼굴엔 핏기가 없고 복수의 큰 상처로는 계속 피가 흘러나오고 있었다. 지혈조차 되지 않은 상황이었다.

이때 밖에서부터 요란한 발걸음 소리가 들렸다.

정면이 빠르게 밖으로 튀어나갔다가 들어왔다.

"폐하이십니다. 백 대주를 보고 싶어하시는데 어떻게 할까요?"

마령선인이 정면을 보며 말했다.

"불가하다. 들어오지 못하게 하라."

"예!"

정면은 두말도 하지 않고 대답하며 다시 밖으로 튀어나갔다.

밖으로부터 소란이 있었지만 결국 황제가 발길을 돌려 소요가 가라앉았다.

이가소가 이마의 땀을 손등으로 훔치며 마령선인을 응시했다.

"어째 들어오시지 못하게 하십니까? 발치에서라도 보시고 싶어 오신 것일 텐데……."

"권력을 가진 놈은 누구나 같다."

마령선인은 잘라 말했다.

이가소가 영문을 몰라 의혹한 표정을 지었다.

"폐하에게 불만이라도……?"

마령선인이 자리에서 일어나며 말했다.

"장괴, 밖에 있느냐?"

밖에서 우렁한 대답이 들렸다.

"예! 여기 있습니다!"

"들어오너라!"

육중한 발걸음 소리를 내며 장괴가 안으로 들어왔다.

"백자흔을 들쳐업어라."

"예?"

놀란 건 이가소였다.

마령선인이 옷자락을 훌훌 날리며 잰걸음으로 움직였다.

"이곳을 빠져나갈 것이다. 따라오너라."

영문도 모른 채 이가소와 백자흔을 들쳐업은 장괴가 마령선인의 뒤를 따라갔다.

귀면염라 정면과 독각비웅 손벽이 마령선인을 못마땅하게 쳐다봤지만 마령선인은 개의치 않고 잰걸음을 놓았다.

"너희들은 따라올 것 없다. 마무리나 잘 지어라."

정면과 손벽은 마령선인과 이가소가 어떤 존재인지 잘 알고 있기 때문에 앞을 막지는 못했다.

*　　　*　　　*

"무슨 일이냐 있겠나. 영감탱이가 또 병이 도진 게지."

마령선인의 오랜 친구인 녹림십팔채의 노파는 염려하는 황겸을 보며 대수롭지 않다는 듯 말했다.

황겸은 고개를 갸우뚱거렸다.

"몸을 가누지도 못하는 환자를 데리고 부리나케 빠져나갈 이유가 없지 않습니까."

노파가 엉뚱하게 물었다.

"강호오대세가의 반정 무리들은 모두 진압된 거냐?"

난세(亂世)의 영웅(英雄)이었으나… 257

"예, 어머니."

황겸이 자신있게 대답했다.

노파가 고개를 끄덕였다.

"그렇다면 됐다. 우리도 할 일을 모두 마쳤으니 산채로 돌아가자."

"돌아갑니까? 이렇게요?"

"그럼 이 기회를 빌어 벼슬이라도 해보겠더냐? 네놈 같은 무지렁이가 할 수 있는 일이 있다고 생각하느냐?"

"벼슬을 바라는 것은 아니나 이만한 공을 세웠으면……."

"아가리 닥쳐라."

"……."

황겸은 얼른 입을 다물었다.

부모를 두려워하는 마음은 존경에서 비롯된다. 황겸이 어머니를 존경하는 마음은 하늘을 모시는 마음과 다르지 않았다.

노파가 말했다.

"바라고 하는 마음은 모두 탐욕이다. 내 네게 탐욕을 버리라 이른 걸 잊었단 말이냐?"

"잘못했습니다, 어머님."

황겸은 당장 무릎을 꿇고 엎드렸다.

노파가 자리에서 몸을 일으켰다.

"일어나자. 벼슬을 바라는 놈들은 지천에 널렸으니 벼슬은 그놈들끼리 해 처먹으라 해라. 강호오대세가의 자리는 또 다른 놈들이 메울 것이고 세상은 변하지 않을 것이다."

"지금 황제는 다르지 않습니까?"

황겸의 물음에 노파가 격앙된 어조로 목소리를 높였다.

"다르긴 개코가 달라?! 태생적으로 우리와 다르게 자란 놈이다. 보고 듣고 배운 게 다른데 어떻게 우리와 같을 수 있어!"

"……"

"너도 더 살아봐라! 이 세상이 네가 생각하는 것처럼 녹록한지! 바르고 올곧진 성군이 과연 있는지! 평등한 세상이 온다고? 태어날 때부터 평등하지 않은데 어떻게 평등해?! 평등하면 닭, 돼지는 누가 키워! 태어날 때부터 냄새나는 우리에서 닭, 돼지 키우고 싶은 놈이 어디 있어!"

"너… 너무 나가시는 거 아닙니까? 그… 그렇게 생각한다면 처음부터 황제를 옹위하는 일 따위는 하지 않으셨어야죠."

"조금 나은 놈을 찾은 것뿐이야! 마령선인의 말이 하나도 틀리지 않아! 그 늙은이가 왜 도망치듯 빠져나갔는지 알아?"

"왜… 왜요?"

"격에 맞지 않는 놈들하고 놀다 보니 배알이 많이 뒤틀렸거든. 이제 논공행상한다고 구파일방 놈들끼리 치고받을 텐데 그 꼴을 보기 싫다는 거지."

"그, 그것뿐이라면 굳이 도망칠 것까지는… 백자흔의 상세나 치료하고 떠나도……."

"말귀를 못 알아듣는 놈이네! 백자흔 때문에 도망치듯 떠난 거라니까!"

"……?"

"백자흔이 논공행상의 표적이 된단 말이야! 누가 뭐래도 일등공신인데 백자흔이 있으면 먹을 게 적어지잖아! 누구도 백자흔보다 많이 가질 수 없을 텐데 백자흔이 아무것도 가지지 않는다면 놈들이 뭐가 돼! 무슨 염치로 자신의 몫을 챙길 수 있냐고! 그러니 이쯤되면 누구나 백자흔이 죽기를 바라겠지! 그래, 안 그래?!"

"어… 어머님 말씀을 듣고 보니 그럴 수도… 하지만… 너무 지나친……."

"지나치기는 뭘 지나쳐! 지난 일을 돌이켜 봐! 마교가 창궐하고 혈건적이 날뛰었을 때도 지금처럼 백자흔이 가장 큰 공을 세웠는데 어떻게 됐어?"

"그… 그야… 그건 강호오대세가가……."

"네놈은 그렇게 가르쳤는데도 강호오대세가만 보이고 탐

욕에 눈먼 다른 놈들은 보이지 않는 거냐? 구파일방을 위시한 백도정파 놈들이 태산천동에서 모여 작당을 하기로 한 게 진정 구국(救國)을 위한 것이었다고 믿는 거냐?"

"하지만… 결과적으론 그렇게……."

답답해하던 노파의 격앙된 음성이 한결 누그러지고 있었다.

"새 술은 새 부대에 담아야 할 테니 강호오대세가의 자리를 다른 이들이 바꿔 앉겠지. 그것뿐이다."

이때 노파의 오른쪽으로부터 인기척과 함께 창노한 음성이 들렸다.

"듣자 하니 말씀이 지나치시오. 정 그렇다면 파파(婆婆)께서 국정에 참여해 탐욕에 날뛰는 자들을 막으면 되지 않겠소."

노파가 걸어오는 늙은 거지를 보더니 냉랭하게 코웃음 쳤다.

"누군가 했더니 제 거시기도 못 닦는 거렁뱅이로군."

취선개는 만면에 함박 큰 웃음을 담고 다가왔다.

"녹림십팔채 두령이 무서워 쩔쩔매는 노파가 있다더니… 한때 천하제일미로 명성을 날린 능화선자(凌花仙子)였구려. 몇십 년이 흘렀어도 한눈에 알아보겠소."

능화선자 손여예.

꽃을 능가하는 아름다움으로 한때 이 세상 모든 남자들의 선망이었던 능화선자 손여예는 귀족 출신이었다. 그녀의 부친이 병부시랑(兵部侍郞)을 지냈으니 귀족치고도 족보가 한참 높은 족보라 할 수 있었다. 그런 그녀가 수많은 훌륭한 가문의 자제들을 돌 보듯 하고 의원 나부랭이와 사랑에 빠진 비애사(悲哀事)는 아름다운 사랑으로 지금까지 세간에 전해지고 있다.

각설하고, 노파는 황당한 얼굴로 자신을 쳐다보는 황겸의 눈을 피하며 취선개에게 소리쳤다.

"흰소리는 집어치워! 백자흔을 어떻게 하기로 한 건데 마령선인이 부리나케 도망쳤는지나 말해! 아니면 모두에게 말해 확 뒤집어엎을 테니까!"

취선개가 능글능글 웃었다.

"우리는 아무것도 하지 않았네. 무언가 조치를 강구해야 한다는 건 알겠는데 아직 다 끝난 게 아니라서 말이야."

노파가 눈을 부라렸다.

"끝나지 않았다니? 뭐가 끝나지 않았다는 거지?"

"정리. 일단 뭐가 정리되어야 우리도 선택하고 결정할 게 아니겠나."

"글쎄, 그 정리가 뭐냐니까?!"

노파가 목이 터져라 소리를 꽥 질렀다.

취선개가 이젠 노골적으로 히죽거리며 웃었다.

"정리야 폐하가 하는 것이지 않겠냐. 우린 그 후의 설거지를 맡는 것이고."

"폐하?"

노파의 얼굴이 순간 굳어졌다.

"뭐냐, 거렁뱅이의 말은……? 그럼 황제가 백자흔의 목숨을 원하기라도 한다는 거야?"

취선개는 숨도 쉬지 않고 대답했다.

"황제의 존엄이란 게 뭐냐? 이 땅의 어느 황제가 자신의 존엄을 발아래 둔 자를 보고 있을 수 있다더냐. 그가 있으면 황제도 황제가 아닌 것을."

"빌어먹을!"

노파가 육두문자를 씹으며 황겸에게 고개를 돌렸다.

"마령선인을 찾아라! 황제보다 먼저 찾아야 한다!"

황겸이 벌써 신형을 차고 날아가고 있었다.

"알겠습니다!"

*　　　*　　　*

모악비는 숨을 죽이며 숨어 있었다.

열아홉에 금의위(錦衣衛)에 들어왔으니 꼬박 이십 년이 걸렸다. 금의위에 들어와 놀라운 무위로 출세가 보장된 듯 보였지만 그는 번번이 승급이 좌절됐고, 한때 자신과 동문인 혁련후가 금위대장에 오를 때에는 자신의 신세를 절망하기까지 했다.

하지만 살다 보니 금위대장 혁련후가 죽어 없어지고 자신이 그 자리에 발탁되는 것이 아닌가. 사고무친(四顧無親)하여 황실에 아무런 기댈 것이 없던 자신에게 크나큰 기회가 올 것이라고는 생각지 못한 일이었다.

그는 금위대장에 오르면서 스스로에게 맹세한 게 있었다.

사고무친한 자신에게 기회를 준 황제에게 충성을 다할 것을.

그리고 그가 지금 산 아래에서 올라오는 누군가를 기다리고 있는 일은 바로 황제의 명을 받은 일이었다. 그의 충성됨을 황제에게 보여줄 수 있는 절호의 기회인 것이다. 그는 결코 이 기회를 놓치지 않기로 했다.

죽일 상대가 백자흔이란 사실에 놀라고 당황스러웠지만 그런 의문 따위는 그 자신의 세속적인 욕망에 금방 묻히고 말았다.

금의위 오십 명을 차출했다.

절정고수들인만큼 시체와 다름없는 백자흔을 없애는 일은 손바닥 뒤집기나 마찬가지였다.

갑자기 새소리가 들려왔다.

'온다······.'

그는 나직이 입속으로 뇌까렸다.

새소리는 전방에 숨은 수하로부터의 기별이었다.

그는 전의를 다지며 손에 쥔 검을 굳게 움켜잡았다.

　　　　　*　　　　　*　　　　　*

황겸은 정신없이 달렸다. 그러다 아는 사람을 보면 아무리 급한 상황이라도 그를 붙잡고 떠들었다.

"백자흔을 찾게! 어디로 갔는지 빨리 찾아야 돼! 알았지?"

남궁세가는 피비린내로 진동했다.

어디를 가나 참혹하게 널브러진 시신과 피 냄새로 가득했다.

한참을 헤메던 황겸의 앞에 인영 하나가 하늘에서 뚝 떨어지듯 내려섰다.

"도대체 뭘 하고 있는 거예요? 황 수령이 이렇게 빠져나와 있으면 지금 녹림십팔채 사람들은 누가 지휘하고 있는 거죠?"

"레이!"

황겸은 반갑고 기뻐 어쩔 줄을 몰라 했다.

그는 레이의 손을 덥석 잡았다.

"무사하구려, 무사해! 얼마나 걱정했는지 모르오."

"내 걱정을 하고 있던 게 아닌 것 같은데요."

레이는 두리번거려 주위를 살피며 말했다.

싫은 것은 아니지만 이런 상황에 사랑 타령을 하고 있을 일은 아니었다.

황겸이 어두운 눈빛으로 레이를 바라보았다.

"백자흔이 위험하오. 아무래도 황제가 백자흔을 죽이려는 것 같소. 그는 이미 극심한 상처를 입어 스스로를 보호할 수 없는 상태인데… 마령선인께서 백자흔을 데리고 어디론가 사라졌소. 빨리 찾아야 하오."

레이의 두 동공이 동그랗게 떠졌다.

"황제가 왜 백 대협을 죽인다는 거죠? 왜요?"

"지금은 사정 얘기를 할 시간이 없소. 어서 백자흔이나 찾읍시다."

"알았어요!"

팍!

말과 함께 레이는 신형을 차올렸다.

황겸도 다시 정신없이 뛰기 시작했다.

*　　　*　　　*

"궁주님의 모습은 도망치는 걸로 보인다니까요? 그러니 말씀 좀 해보세요."

이가소는 마령선인의 뒤에 달라붙어 계속 채근하고 있었다.

그러나 마령선인은 백자흔을 들쳐업은 장괴를 독려하여 등을 떠밀 뿐이었다.

"빨리 가자, 빨리……."

장괴는 숨이 턱에까지 차서 게거품이 입꼬리에 고였지만 불만 한 번 토하지 않고 열심히 산길을 올랐다.

이가소가 마령선인의 손목을 잡았다.

"글쎄, 말씀 좀 해보시라니까요."

마령선인이 고개를 돌려 이가소를 봤다.

"네 뱃속의 애를 살리고 싶다면 조용히 하고 시키는 대로 해라. 지금은 사정을 애기할 시간이 없다."

이가소는 황망한 표정을 지었다.

"뱃속의 애라니요?"

마령선인이 빨리 걸으며 말했다.

"내 손을 잡은 네 손이 애기하고 있지 않느냐, 뱃속에 아이가 있다고."

이가소는 망연자실할 표정으로 자신의 배를 내려다보았다.

사실일까……

그녀 자신도 아직 임신한 사실을 모르고 있었다.

앞서 걷던 마령선인이 탄식이 섞인 중얼거림을 토하며 갑자기 걸음을 멈췄다.

"아뿔싸!"

"뭐죠?"

이가소가 그의 뒤에 달라붙으며 물었다.

마령선인이 산길 양쪽의 숲을 두리번거리며 외쳤다.

"숨어 있는 걸 알고 있다! 나와라!"

전면 오른쪽의 큰 바위 뒤에서 모악비가 얼굴을 드러냈다.

마령선인이 노구를 가늘게 경련하며 중얼거렸다.

"금위대장 모악비로구나……."

황실에서 어의로 있었으니 눈에 익은 자였다.

그는 바로 고개를 돌려 이가소를 쳐다보았다.

"놈들이 노리는 건 백자흔이니 너를 뒤쫓지는 않을 것이다. 도망쳐라."

이가소는 넋 나간 표정이었다.

"금위대장이 왔는데 왜 도망쳐야 한다는 거죠?"

마령선인이 그녀를 향해 뻑 소리를 질렀다.

"도망치라면 도망쳐!"

이렇게 화난 마령선인을 본 적이 없었다.

이가소는 바로 몸을 돌려 산 아래로 뛰기 시작했다. 그러나 몇 걸음 뛰지도 못해 그녀의 앞도 가로막혔다. 숲 속에서 뛰쳐나온 낯선 자들이 그녀의 앞을 가로막고 섰다.

마령선인과 떨어진 그녀는 도리어 더 위험한 상황에 처하게 되었다.

마령선인의 말로 앞을 가로막은 자들이 금의위라는 것을 짐작했지만 겉으로 보기에 그들은 전혀 금의위 같지 않았다. 황제를 따라올 때부터 신분을 숨기기 위해 평민 복장을 가장한 때문이었다.

가장 가까이 있던 자가 손에 든 륜(輪)을 허공에 들어 올리더니 이가소를 향해 내려쳤다.

이가소는 놀라며 신형을 뒤로 튕겨 륜을 피했다.

피하는 그녀의 허리춤으로 다른 자가 검을 쑤시고 들어왔다.

금의위는 하나하나가 절정고수였다. 나라의 수많은 무인들 중 날고 기는 고수들이다. 이가소가 무예를 익혔다지만 의녀로서 그녀의 무예는 한계가 있었다.

금의위의 검이 피하는 그녀의 허리춤을 훔쳤다.

"아악!"

옆구리가 베여 피가 철철 흘러나왔다.

"이놈들!"

마령선인이 노성을 지르며 신형을 솟구쳐 날아왔다.

그러나 허공에 뜬 마령선인에게도 이미 십여 명의 금의위가 날아들고 있었다.

적수공권의 마령선인이 품속에서 황급히 꺼낸 건 판관필이었다. 그것도 무기로 쓰는 판관필이 아니라 대만 쇠붙이이고 평상시에는 붓으로 쓰는 것이었다.

판관필을 무기로 쓰는 자들은 붓털을 쇠침으로 만들고 비상시 암기로 쓰기도 하지만 마령선인은 지난 세월 판관필을 무기보다는 붓으로 많이 써왔다.

카앙! 캉!

짧은 판관필을 어지럽게 휘둘러 금의위의 병장기를 쳐내는 마령선인의 표정에는 다급함이 역력했다.

"으아악!"

이가소가 목이 잘려지며 처절한 단말마의 비명을 질렀다.

마령선인은 분노가 극에 달하여 날뛰었다.

"네놈들이 하는 짓이 역사의 수레바퀴를 거꾸로 돌리는 일인 줄 아느냐?"

카앙!

모악비가 그의 판관필을 힘주어 막으며 다가섰다.

"역사가 우리 힘으로 움직여지겠소? 우린 그저 명을 받는 자들일 뿐이오.”

마령선인은 판관필에 힘을 줘 모악비의 힘을 버티며 두 눈을 부릅떴다.

“이 땅의 풀 한 포기, 벌레 한 마리도 다 자신의 의지대로 살아야 한다. 자신의 의지를 남에게 맡겨놓은 네놈이야말로 만고의 역적이 아니냐.”

“이게 내 의지대로 사는 거요.”

“그럼 네 입으로 말해봐라. 백자흔이 이대로 죽어도 원통하지 않겠느냐?”

“더럽고 치사하지만 그게 정치 아니겠소.”

“정치는 정치인이 하는 거지 네놈이 왜 정치를 해!!”

“그저 시키는 대로 할 뿐이라고 말하지 않았소.”

“그러니까 왜 시키는 대로만 하느냐고? 네놈의 의지는 어느 시궁창에 처박고!”

“그 영감탱이 정말 말 많네!”

모악비는 검을 쥔 손에 힘을 주어 마령선인의 판관필을 밀며 소리쳤다.

그가 소리친 바를 알고 있는 금의위 하나가 뒤에서 마령선인의 등짝을 낭아추(狼牙鎚)로 찍었다.

퍼억!

“으억!”

마령선인은 비명과 함께 입으로 붉은 피화살을 뿜어냈다.

피화살을 맞아 얼굴에 붉은 피를 뒤집어쓴 모악비가 패악을 부리며 검을 휘둘렀다.

"이런 빌어먹을 영감탱이!"

획!

"으아악!"

마령선인의 몸이 그의 검에 수직으로 길게 베어져 머리끝에서 가랑이까지 반으로 베어졌다.

장괴가 악다구니를 지르며 철봉을 휘두르고 달려들었다.

"으아아아!"

모악비가 신혈을 뒤틀어 피하며 검으로 장괴의 목을 쓸었다.

"으아아악!"

장괴의 비명과 함께 그의 등에 업혀져 있던 백자흔의 몸이 땅에 떨어졌다.

그 충격 때문인지 땅에 떨어진 백자흔의 신형이 꿈틀거렸다.

놀라운 일은 바로 일어났다. 백자흔이 아주 느린 몸짓으로 몸을 일으킨 것이다.

금위대장 모악비와 금의위들은 혼비백산할 만치 놀랐다.

그들이 직접 백자흔을 겪어보지는 않았지만, 그의 무위가 금의위 오십 명 정도가 달려들어서 해칠 수 있는 게 아니라는 것은 알고 있었다.

백자흔이 모악비를 보며 모깃소리만 한 작은 음성을 열었다.

"내 목숨이 필요하면 내 목만 가져갈 일이지 애꿎은 다른 사람들은 왜 죽였느냐."

모악비가 두려움을 애써 진정시키며 말했다.

"우리가 당신을 죽이는 사실 자체가 비밀이기 때문이다. 어리석은 질문이었다."

"너희들은 내 아이를 죽였다. 내 아내가 임신한 사실을 나도 방금 알았다."

백자흔의 말에 모악비가 고개를 돌려 이가소의 시신을 한 번 쳐다봤다.

그는 바로 다시 고개를 돌려 백자흔을 보며 빙그레 웃었다.

"그래서 어쩌란 말이냐? 이미 죽은 년을 살려내라는 거냐?"

"내가 널!"

백자흔은 젖 먹던 힘을 다해 신형을 앞으로 솟구쳤다.

그러나 그의 몸은 한 걸음 내딛기도 전에 휘청거리며 엎어졌다.

풀썩!

엎어진 신형은 다시 죽은 듯 미동조차 없었다. 때를 기다렸다는 듯 금의위들이 한꺼번에 달려들어 검과 칼, 추와 륜 등의 각종 병기를 사정없이 내려쳤다. 난도질도 그런 난도질이 없었다.

백자흔.

그는 난세의 영웅이었으나 이렇게 죽어가고 있었다.

시체마저도 형제를 찾아볼 수 없었으며, 비명조차 지르지 못한 채 싸늘한 주검이 되었다.

모악비가 흥분한 금의위들 사이로 밀치고 들어왔다.

"그만 해라."

"……."

"……."

금의위들이 진정하는 기미를 보이자 그는 득의한 웃음을 머금은 채 명을 내렸다.

"시신들을 숲 속에 묻어라. 아무도 찾지 못하게 한다."

금의위들이 신속하게 움직였다.

이가소와 마령선인, 장괴, 백자흔의 시신이 금의위에 의해 각기 숲으로 사라졌다.

땅을 적신 핏자국 외에는 누구도 그들의 죽음을 확인할 수 없었다.

　모악비는 하늘을 올려다보며 한숨을 길게 내쉬었다. 그의 입가에 잔잔한 미소가 파동치더니 크게 번져 올랐다.

　"이제 나 모악비가 병부시랑에 오르는 것도 시간문제란 말이지. 어쩌면 수일 내에 그렇게 될지도 모르지."

　이때 그의 오른쪽으로부터 사나운 외침이 들렸다.

　"틀렸다! 넌 오늘 이 자리에서 죽게 될 텐데 네게 기약할 내일이 어디 있단 말이냐!"

　모악비는 음성이 들린 오른쪽을 향해 고개를 돌렸다. 그리고 칼은 그의 왼쪽에서 들어왔다.

　서걱!

　"으아악!"

　비명을 지르는 모악비의 수급이 허공에 매달려 있었다.

　작고 예쁜 손 하나가 그의 머리카락을 통째로 잡아 수급을 들어 올렸다.

　손의 주인은 레이였다.

　숲 속에서 비명을 들은 금의위들이 금방 뛰쳐나와 그녀를 에워쌌다.

　백발을 하얗게 날리며 피가 뚝뚝 떨어지는 수급을 들고 선 레이의 모습에 금의위들은 순간 표정이 굳어졌다.

　"배… 백발마녀……!"

"백발마녀다!"

레이가 싸늘하게 그들을 쳐다보며 말했다.

"무사라는 자들이 항거할 수 없는 대상을 향해 살인을 저지르다니! 네놈들이 정말 무사란 말이냐?"

금의위 하나가 사타구니를 주무르며 다가왔다.

"보아하니 백발마녀는 아니고 백발마녀와 함께 다닌다는 전인인 모양이로구나. 꽤나 예쁜걸."

파락!

그녀가 옷소매를 떨쳤다.

순간 옷소매 안으로부터 암기가 파공성을 내며 금의위의 얼굴을 향해 쏘아져 나갔다.

퍽!

"으아악!"

금의위는 미간에 쇠로 된 암기를 맞고는 그 자리에서 절명하여 뒤로 넘어갔다.

그것을 시작으로 레이가 검을 휘둘러 금의위를 공격했다.

"으악!"

"커어억!"

그녀의 놀라운 검술 앞에 금의위 둘이 창졸지간에 당했다.

그러나 금의위들도 금방 흐트러진 전열을 정비했다.

"흐흐흐… 아무래도 곱게 죽지는 못할 계집이로구나."

"우리의 동료를 죽였으니 네년도 곱게 죽지 못할 것이라는 건 알겠지."

이때 그들의 뒤쪽 산 아래로부터 굵은 음성이 들렸다.

"누가 누구를 죽인다는 거냐? 죽어 마땅한 건 네놈들인데."

저벅저벅……

산을 걸어 올라오고 있는 자의 모습은 워낙 거구라 단연 눈에 띄었다.

황하수로채의 두령 막거정이었다.

그는 슬금슬금 뒷걸음질치는 금의위 사이를 아무렇지도 않게 걸어 들어왔다.

"백자흔은?"

그의 물음에 레이가 어두운 표정으로 고개를 떨어뜨렸다.

"이미 늦었어요."

막거정이 큰 눈을 금의위들에게 부라렸다. 그의 호통이 온 산을 쩌렁쩌렁 울렸다.

"네놈들이 진정 내 동무를 죽였단 말이냐? 네놈 같은 하찮은 놈들이!"

그리고 그의 분노한 칼이 휘둘러졌다.

금의위는 막거정의 칼 앞에 추풍낙엽이 따로 없었다. 그들은 결코 하찮은 자들이 아니었지만 모악비를 잃고 당황하여 오합지졸로 전락해 버렸다.

"으악!"

"크아악!"

"케엑!"

레이가 가세하여 금의위 오십 인이 삽시간에 해치워졌다.

살아남은 자는 단 한 명이었다.

상황을 증명해 줄 증인이었다.

第四十章
살아남은 자의 질의(質疑)

黑_道戰士

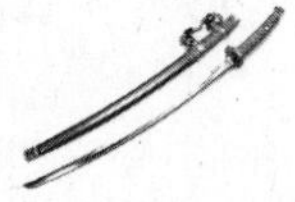

"어찌 된 겁니까?!"

자미공주는 황제가 머무는 임시 거처로 들어서자마자 발악하듯 소리를 질렀다.

황제는 의자에 깊숙이 몸을 묻고 앉은 채 입술을 굳게 다물고 있었다.

"어떻게 된 일이냐고 묻지 않습니까?"

황제가 비로소 고개를 들었다.

"뭐가 말이냐?"

자미공주는 간신히 숨을 고르며 말했다.

“사람들이 백자흔 대협을 찾고 있습니다. 또한 폐하께서 백자흔을 죽일 것이라고 합니다.”

“내가 백자흔을 죽여? 왜?”

“…….”

자미공주는 황제의 반문에 일순간 할 말을 잃었다.

황제의 차분하게 침잠된 눈은 깊고 무거웠다. 그 눈이 어떤 생각을 하는지 자미공주는 읽을 수가 없었다.

“다 알고 왔습니다. 폐하를 따라온 금의위들이 보이지 않는 걸 어떻게 대답하시겠습니까? 사람들은 금의위들이 백자흔을 죽이러 갔다고 말하고 있습니다.”

황제가 고개를 도리질했다.

“예전에는 금위대장이 날 죽이려 한 일이 있다. 금위대장이 어느 편이고 누구의 명을 받드는지 난 알지 못한다. 넌 알고 있느냐?”

“이번 금위대장은 분명 폐하의 명을 받들었을 겁니다! 그러니 폐하의 뜻을 관철하기 위하여 보내진 것이겠죠!”

“내가 금위대장에게 백자흔을 죽이라고 시켰다고? 증명할 수 있느냐?”

“오라버니!”

자미공주는 분개하여 소리쳤다.

황제의 눈에도 분노가 비쳤다.

"오라버니라고? 난 네 오라버니이기 이전에 황제다. 네가 황제의 존엄에 누를 끼치면 난 널 용서하지 않을 것이다."

"그럼 그러세요. 정말 슬프군요. 이토록 비열한 황제를 위해 목숨을 바친 수많은 영령들이 오라버니를 용서할 거라고 보세요?"

꽈앙!

이때 문짝이 부서져 안으로 튀어들며 거구 하나가 안으로 뛰어들었다.

"영령에게까지 누를 끼칠 게 뭐가 있어! 산 놈도 용서하지 않는데!"

뛰어든 것은 황겸이었다.

황제의 얼굴이 순간 파랗게 질렸다.

황겸이 크지도 않은 눈을 부라리며 황제를 향해 다가왔다.

"증명은 네가 해야지!"

"……."

"금위대장 새끼 어디로 갔는데?!"

"……."

황제는 주위를 두리번거렸지만 그를 지켜줄 자는 아무도 없었다.

황겸이 큰 칼을 높이 들어 올렸다.

"마령선인이 내 아버지란 말이야! 백자흔을 죽이라고 금의위를 보냈으면 네놈이 네 아버지도 함께 죽이라고 했을 것 아니야!"

이때 황겸의 뒤쪽에서 창 하나가 파공성을 일으키며 날아왔다.

퍼억!

"커억!"

황겸은 비명을 지르며 자신의 배를 뚫고 나온 창을 내려다보았다.

너무도 끔찍한 광경에 자미공주는 두 손으로 입을 막고 그 자리에 주저앉았다. .

쿵!

황겸의 큰 덩치가 이미 생명을 잃은 채 나무토막처럼 쓰러졌다.

그리고 그의 뒤, 깨어진 문짝을 통해 당당하게 걸어오는 자가 있었다.

현령검협 사마관, 화산파의 장문인이었다.

그는 황제의 앞에 다가와 무릎을 꿇고 앉으며 두 손을 모았다.

"소신이 조금만 늦었으면 큰일 날 뻔했습니다, 폐하."

황제가 손등으로 이마의 식은땀을 훔쳐 냈다.

"제때 와주었네."

사마관의 창노한 음성이 열변을 토해냈다.

"폐하께서 백자흔을 죽였다는 소문에 민심이 극도로 악화되고 있습니다! 흑도의 패거리들과 산적들이 반란을 일으킬 조짐이 역력합니다! 하명을 내려주십시오!"

황제가 침울한 표정으로 지그시 눈을 감았다.

그런 황제를 본 자미공주가 탄식을 하며 몸을 돌렸다.

"그런 표정이나 짓지 말지, 가증스럽게……."

그녀의 중얼거림 때문인지 황제가 번쩍 눈을 떴다. 그러나 그의 시선은 현령검협 사마관의 얼굴에 꽂혀 있었다.

"반란이 일어난다면 강력하게 진압하게."

"예!"

사마관이 우렁차게 대답하며 몸을 일으켰다.

황제에게 어느 때보다 절실하게 자신들의 힘이 필요해진 사실을 주지시켰으니 그의 기쁨은 이루 형용할 수 없었다.

*　　　*　　　*

목곽은 막거정이 데리고 온 금의위를 꿈쩍도 하지 않고 일다경을 넘게 바라보고만 있었다.

그의 시선을 받고 있는 금의위로서는 피가 마르는 일이었다. 자신이 살아남을 수 없다는 것을 알고 있었지만 세상에는 죽음보다 더 끔찍한 상황들이 있다.

"차라리 단칼에 베어주십시오. 죽여주십시오."

금의위는 애원했다.

그러나 장내의 어느 누구도 그의 애원에 코웃음조차 치지 않았다.

막거정이 옆에서 목곽을 채근했다.

"결정해라. 백자흔이 죽으면 네가 우리들의 지휘를 맡기로 되어 있다. 이건 백자흔의 뜻이다."

목곽이 손을 내밀며 말했다.

"알았다. 알았으니 조금만 기다려라."

그는 숙고했다.

자신의 지금 결정이 얼마나 큰일인가 잘 알고 있는 때문이었다.

반란이며, 대역(大逆)이었다.

그것이 얼마나 처절한 결과를 가져올지 상상조차 하기 어려웠다.

귀면염라 정면이 보다 못해서 나섰다.

"한마디 해도 되겠나?"

"하십시오."

목곽은 정중하게 대답했다.

정면이 흥분으로 벌게진 얼굴에 굵직한 음성으로 말을 시작했다.

"구파일방과 백도의 무리들은 남궁세가를 공격하면서도 뒤로 빠져 있었네. 명목상은 황제를 보호하기 위함이었다지만 이제 돌이켜 보면 그들은 스스로의 희생을 감수할 뜻이 없었던 것이네. 이 형국에 대해 그들은 벌써부터 준비해 온 것이 틀림없고, 우리는 이미 많은 희생을 치러 전력이 크게 손실된 상태네. 지금 싸우면 우리가 질 게 불을 보듯 뻔하지. 하지만 세상엔 그 결과가 뻔해도 참을 수 없는 일이 빈번하게 일어나고 있네. 진다고 일어서지 않을 수 없는 일이 있다는 거네. 오늘의 일이 내게는 그렇군."

"정 선배는 지금 내게 결정을 강요하고 계십니다."

"아니네. 난 자네의 결정을 강요하고 있는 것이 아니네. 난 이미 내 스스로에 대해선 결정을 내렸다고 통보하고 있는 거라네. 내가 자네의 결정을 기다리는 건 예우 차원이라네. 자네는 지금 백 대주를 대신하여 이곳에 있으니 난 충분히 자네를 예우하고 있을 뿐이네."

"이 사람들을 다 죽이는 일입니다. 우린 후일도 도모해야 합니다."

"후일이라고? 우리에게 내일이 있었단 말인가? 우린 이곳에 오기 전 이미 죽은 목숨들이었네. 후일은 산 자들이 맡겠지."

"……."

목곽은 정면이 말하는 바를 이미 알아듣고 있었다. 그 자신도 스스로의 목숨만 책임지는 일이라면 벌써 결정을 내렸을 것이라고 항변하고 싶었다.

그러나 그의 결정엔 수많은 사람들의 목숨을 담보로 해야만 했다.

백자흔 하나를 믿고 따라온 흑도의 무리들…….

아무 대가도 보장받지 않은 채 분기에서 비롯된 열혈(熱血)만 품고 온 산적들…….

그리고 그들을 지지하고 따르는 핍박받고 살아온 노예들이었다.

이때 산적 하나가 뛰어들더니 사람들을 향해 외쳤다.

"황… 황 두령이 혼자 황제를 찾아갔다가 변을 당했습니다!"

순간 누가 먼저라 할 것이 없었다. 모든 무리들이 소리를 지르며 달려가기 시작했다.

"황제를 죽여라!"

"천하의 대의를 위해 희생당한 백 대주와 황 두령의 원한을 갚자!"

"더 이상은 못 참아!!"

막거정이 목곽을 쳐다보다가 몸을 돌렸다.

"네놈 때문에 선수를 황겸에게 뺏겼지 않느냐? 이런 일은 내가 앞장서야 하는데!"

막거정도 함성을 지르며 달려나갔다.

목곽이 느릿하게 몸을 일으켰다.

주위를 돌아보니 귀면염라 정면만이 그를 보며 빙그레 웃고 있었다.

"왜 웃습니까? 날 비웃는 겁니까?"

"자네의 입장을 충분히 이해하고 있네. 자네가 이들을 얼마나 아끼고 사랑하는지 알기에 행복해서 웃는 거라네."

"……."

"난 이제야 백자흔이 혈건적과의 싸움에 이기고도 기쁨을 나눌 겨를도 없이 떠난 이유를 이해하게 되었네. 바로 자네와 같은 결정을 해야만 했기 때문일세."

목곽이 고개를 숙였다.

"그는 스스로의 존재를 버림으로써 싸움을 피할 수가 있었습니다. 하지만 난 나를 버려도 이 싸움을 말릴 방도가 없습니다. 그러니 나와 그의 고민은 다릅니다."

정면이 다가와 목곽의 어깨에 팔을 둘렀다.

"우리도 가세. 다른 것은 생각하지 말게. 지금은 분노를 터뜨릴 때지 다스리고 억누를 때가 아니라네."

목곽이 정면을 쳐다보았다.

"정 선배는 아들이 있지 않습니까."

"내 아들이 여기 있었다면 먼저 저들 속으로 뛰어들었겠지. 내 아들이 백 대주를 얼마나 좋아하는지 자네는 상상할 수도 없을 걸세."

"그렇군요. 우리 모두는 백자흔을 이렇게나 사랑하는군요."

"누구도 그의 자리를 대신할 수는 없네. 자네도 그 점에서는 마찬가지지. 그러니 자네가 너무 부담을 느끼지 않았으면 좋겠네."

"예."

목곽은 결의에 찬 듯 심지를 굳히며 주먹을 불끈 쥐었다.

황제를 폐위시키기 위해 흑도의 무리들과 산적, 노예들이 힘을 합쳤다.

"으와아아아!"

그들은 거센 물결이 되어 황제가 머무는 임시 거처를 향해 몰려갔다.

그러나 그들의 앞을 가로막는 자들이 있었다.

기회주의자들인 구파일방이었다.

강호오대세가가 누리던 모든 것을 차지하고자 구파일방 및 태산천동을 주최한 백도의 무림정파들은 하나로 힘을 모으고 황제의 친위대가 되었다.

남궁세가의 성채는 그렇게 뜻밖의 전쟁으로 다시 혼란을 맞았다.

이미 날이 새고 해가 떴지만 비명은 조금도 사그라지지 않았고, 죽은 자들이 흘린 피가 내를 이루어 강을 핏빛으로 물들였다.

사흘이 지나도록 사람들의 노래가 끊이지 않았다.

悠悠昊天(유유호천) 曰父曰且(왈부왈차)

無罪無辜(무죄무고) 亂如此憮(난여차무)

昊天己威(호천기위) 予愼無罪(여신무죄)

昊天泰憮(호천태무) 予愼無辜(여신무고)

넓고 높은 저 하늘 백성의 어버이라 누가 말했던고!

내 무슨 죄를 업고 이 난리에 이 고생인가.

무서워라, 저 하늘 죄가 없는 이 몸이건만,

크고 넓은 저 하늘 나에겐 죄가 없다네.

亂之初生(난지초생) 僭始既涵(참시기함)

亂之又生(난지우생) 君子信讒(군자신참)

君子如怒(군자여노) 亂無遄沮(난무천저)

君子如祉(군자여지) 亂庶遄已(난서천기)

거짓이 행세하는 곳에 민란은 일어나고

난이 난을 일으킴은 임금이 간신을 믿으셨기 때문!
임은 사악한 것을 진노하라! 난은 즉시 그치리라!
임의 복지 백성에 내리시면 난은 잊은 듯 걷히리라!

『흑도전사』終

　좋은 작품이 되기를 바라면서 썼지만 결국 졸작이 되어버렸습니다.

　작품을 집필하면서 촛불축제에 여러 차례 나갔습니다.

　분통이 터진 사람들의 함성이 그곳에 있었습니다.

　내가 사는 게 중요하듯 그들의 사는 것 역시 중요합니다.

　가진 자들과 힘 있는 자들만을 대변하는 정부에게 따끔한 가르침이 필요한 때입니다.

　80년대 초에 신촌을 나가던 중 거리에서 노점상을 단속하는 광경을 보았습니다. 그리고 그날 우연히 카페에서 술을 한 잔 마시다 노점상과 다름없는 불법을 알게 되었습니다. 건물을 지을 때 주차장을 만드는 것은 법제화되어 있는데 제가 술을 마시던 카페가 그 주차장 자리에 지어진 것이었습니다. 구청에서 단속을 한다는 구실로 벌금을 때리는데 그 벌금이란 게 얻어지는 건물주의 이익보다 터무니 없이 작았습니다. 건물주가 벌금을 내면서도 주차장을 불법용도로 사용하는 원인이었습니다.

난 노점상과 불법건축으로 만들어진 카페가 둘 다 분명한 불법인데 한쪽은 마구 때려부숴도 되고 한쪽은 형식상의 벌금만 물리면서 보호되어야 하는 관계를 이해하지 못하겠습니다.

주차장이 나라에서 필요해 법으로 만들어놓은 거라면 그 주차장 자리에 지어지 불법건축물도 때려부숴야 그들이 노점상을 대하는 것과 형평에 맞지 않겠습니까. 건물이 들어설 수 없는 곳에 자꾸 불법건축물이 들어서는 것도 같은 맥락이라 할 것입니다.

공정거래위에서 공정거래를 위반했다고 기업에 벌금(과징금)을 때리는 걸 보면 더 기가 막힙니다. 몇 천억의 이익을 취했다는 보도와 함께 때린 과징금은 몇 백억, 혹은 몇 십억 밖에 되지 않습니다. 그들이 담합하여 피해를 입은 건 백성인데 국가는 과징금만 취하고 또다시 일어날 불법담합의 여지를 그대로 남겨놓습니다.

할 말은 많지만 더 나가선 안 될 것 같습니다.

전 아직 잘 모르겠습니다.

이렇게 기업을 보호하는 게 국민을 위하는 건지…….

이런 괴리감에서 출발한 작품이 저의 역량 부족으로 비판을 제대로 담지도 못한 채 막을 내리고 말았습니다.

좋은 작품으로 다시 만나길 바라며 끝까지 제 졸작을 읽어주신 독자제헌께 감사드립니다.

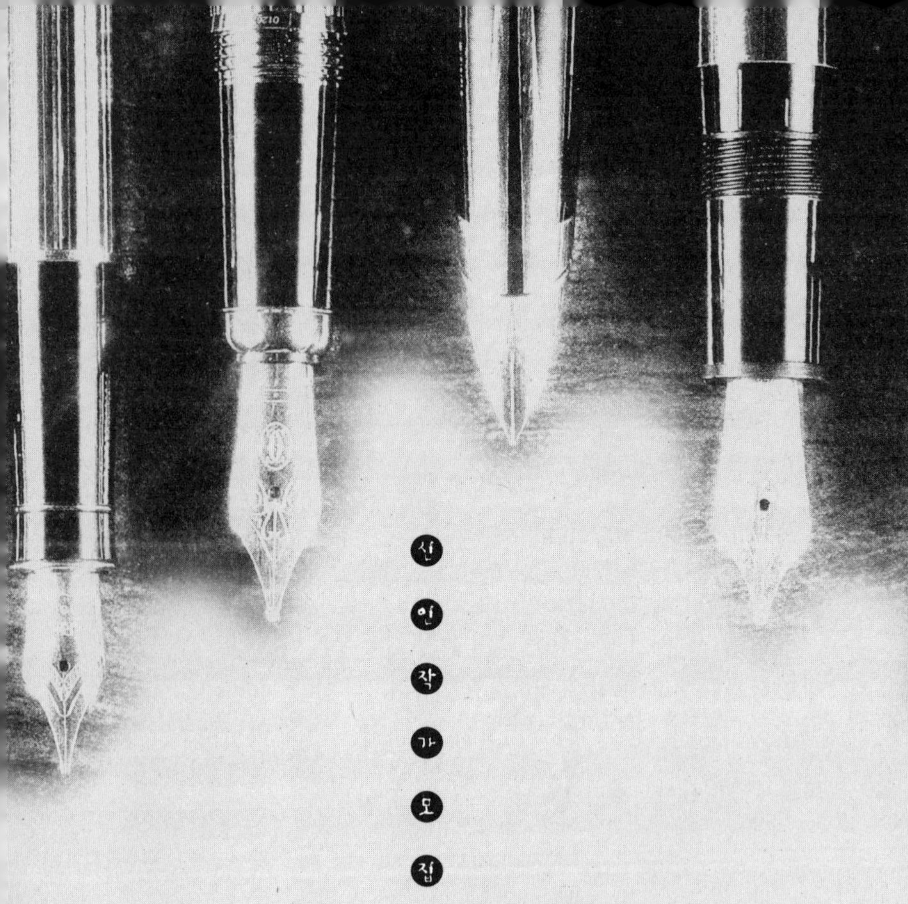

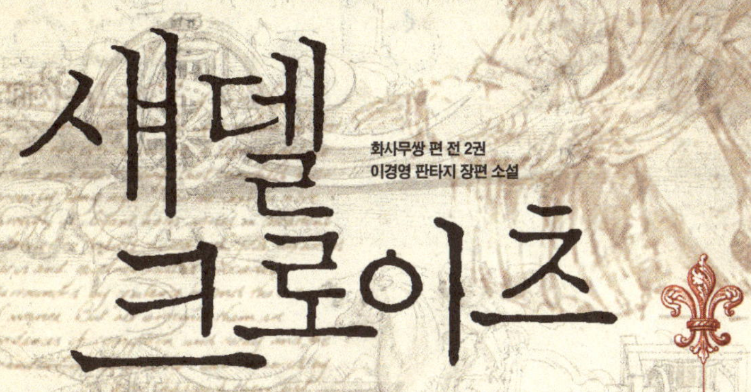

섀델 크로이츠

화사무쌍 편 전 2권
이경영 판타지 장편 소설

『가즈나이트』의 명성과 신화를 넘어설
이경영의 판타지의 새로운 상상력!

자신만의 독특한 세계관을 창조한 작가
이경영의 새로운 도전과 신선한 충격.

바란투로스의 특수부대 섀델 크로이츠의 리더 파렌 콘스탄.
야만족을 돕는 안개술사를 물리치기 위해 아시엔 대륙에서 온
불을 뿜는 요괴 소녀 카샤.
너무나 다른 두 사람이 운명의 길에서 만나다.
친구란 이름으로 시작된 모험, 그 앞에 놓인 난관과 운명의 끈은
어떻게 될 것인지……

"질투가 날 만도 하지.
요괴가 산신령을 엄마로 두는 건 흔한 일이 아니거든.
괜찮다, 파렌. 본좌가 아는 요괴들 전부 본좌를 질투하고 부러워하니까."
소녀는 손에 잔뜩 받은 빗물을 훌쩍 마셨다.
파렌은 그 순수함에 웃음을 흘렸다.
그는 지금까지 자신이 봤던 그녀의 기이한 행동들을 어렴풋이나마 이해할 수 있을 것 같았다.
그렇게 친구가 된 둘은 그 길로 긴 여행을 떠나게 된다.

-본문 중에-

세상을 보는 또 하나의 창 - inthebook.net
유행이 아닌 자유추구 - chungeoram.net

Book Publishing CHUNGEORAM

학교에서는 가르쳐주지 않는
10대들을 위한 **인생수업**

작가 : 이빙 | 역자 : 김락준

10대들을 위한 나침반 같은 인생 교과서!
사회 초입에 들어서게 될 청소년들에게 들려주는
100가지 인생 이야기

내 인생의 방향잡기!
여행길에 오르기 전에 접해보자!

100가지 이야기, 100가지 명언

사람은 태어나면서부터 각기 다른 모습으로, 각기 다른 사고로 "인생" 이라는
여행길에 오르게 된다. 내가 지금 서 있는 이 위치에서 그리고 사회라는 공간에서
한 사람의 몫을 당당하게 해낼 수 있는 역량을 키워나가기 위해서는 어떠한 생각을
가지고 있어야 하는 걸까.

늦지 않게 준비하자! 스스로의 마음가짐이 자신의 미래를 결정한다!

설레는 마음으로 떠난 길일지라도 기존에 생각하고 있던 것과는 다르게 흘러가는
사회의 모습에 당혹스럽기도 할 것이다.
그러한 곳에 발을 들여놓기 위해 첫 발걸음을 막 뗀 청소년이라면 학교에서는
미처 배우지 못한 상황에 더욱이 큰 혼란스러움을 느낄 수밖에 없다.
시간이 흐를수록 사회가 한 인간에게 요구하는 것은 다양하고 세밀해지고 있다.
그러한 사회 속에서 자신만이 앞으로 나아가지 못해 제자리걸음을 하게 된다면 어떠할까.
미리 대비를 하지 않는다면 당신 역시 그러한 현상에 빠지는 또 한 명의 사람이 되고 말 것이다.

책장을 넘기는 순간, 책과 당신의 공감대가 형성된다!

적응을 위해 도움이 될 만한
인생의 지혜와 경험, 깨달음이 한가득 담겨있다.
그 속에 담긴 100가지 이야기 그리고 그와 관련된 100가지의 명언은
가슴 깊이 새겨 놓고 되뇌여 보기에 충분하다.

Book Publishing CHUNGEORAM

세상을 보는 또 하나의 창 - inthebook.net
유행이 아닌 자유추구 - chungeoram.net

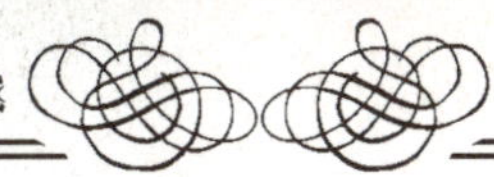

공부하는 감각의 차이가 자녀의 미래를 결정한다.
이 시대가 필요로 하는 명품 인재 만들기!

똑소리 나는 부모의 똑소리 나는 자녀 교육법!

어린 시절의 습관은 평생을 결정한다.
제대로 바로잡지 못한 나쁜 습관은 자녀의 미래에 검은 그림자를 드리울 수도 있다.
대부분의 부모들은 아이의 잘못된 습관을 발견하면 언성을 높이는 경향이 있다.
하지만 그것이 문제 해결의 방법이 아님을 당신은 이미 알고 있을 것이다.
지금 당신은 적절한 대안을 찾지 못해 힘겨워 하고 있지는 않은가.
내 아이가 명품 인생으로 살아가길 희망하는 부모라면 이 책에 귀를 기울여 보자.

내 아이가 세상의 중심에 우뚝 설 수 있게 하는 방법!

이 책은 잘못된 공부습관과 대인관계 형성 등의 문제 등을
87가지 이야기를 통해 알아보고 그에 걸맞는 올바른 해결책을 제시해주고 있다.
이 한 권의 책을 통해 똑소리 나는 부모가 되어보자.
그리고 내 아이가 최고의 명품으로 거듭날 수 있도록 노력해보자.
이 책은 분명 당신에게 꼭 맞는 효과적인 자녀교육서가 될 것이다.

세상을 보는 또 하나의 창 - inthebook.net
유행이 아닌 자유추구 - chungeoram.net

Book Publishing CHUNGEORAM

Rhapsody Of Cardinal

카디날 랩소디

송현우 판타지 장편 소설

놀라운 경험(the enormous experience)!
He created a completely new world.
It is a place who have never known and where never been able to imagine.
This splendid world will introduce the enormous experience for the
person only who reads.
그 누구에게도 알려진 것이 없으며 상상조차 할 수 없었던 새로운 세계를
작가는 완벽하게 창조해내었다.
이 멋진 세계는 독자들만이 체험할 수 있는 놀라운 경험으로 인도할 것이다.

판타지는 허구다? 아니다. 판타지는 일상이다.
우리의 삶은 연속된 판타지의 연장선상에 놓여 있고,
상상은 우리의 일상을 더욱 살찌운다.
『카디날 랩소디(Rhapsody of Cardinal)』를 경험하는 독자들은
더욱 풍부한 일상 속에서 새로운 삶을 경험할 것이다.
멋진 만남! 흥미로운 경험! 이것이 『카디날 랩소디』가 가진 장점이며,
작가 송현우가 독자들에게 바라는 꿈이다.

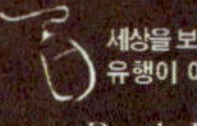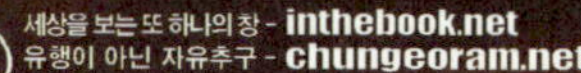
세상을 보는 또 하나의 창 - inthebook.net
유행이 아닌 자유추구 - chungeoram.net
Book Publishing CHUNGEORAM